AF554934

JORGE ANDRÉS LOZANO RIVAS

DESDE LO MÁS OSCURO DEL SER II

Hay quienes aseguran que en el interior de cada ser humano conviven, simultáneamente, el bien y el mal.
Si se tiene en cuenta que el bien y el mal además de ser simples elecciones, son elecciones opuestas, no existe forma o posibilidad de que éstas puedan habitar simultáneamente un mismo cuerpo.
No nos define el bien y el mal que conviven hipotéticamente en nuestro interior; al final, no somos más que el resultado de nuestra correcta o desacertada elección.
¿Qué pasaría si una mala decisión te conduce al más terrible de los horrores? ¿A dónde llegarías si te desbordas de lleno por el camino de la oscuridad?
Atrévete a descubrir el resultado de escuchar aquella voz que retumba… desde lo más oscuro del ser.

DESDE LO MÁS OSCURO DEL SER II

JORGE ANDRÉS LOZANO RIVAS

ISBN: 978-958-48-8925-6

Amazon
www.amazon.com

Primera Impresión (Colombia): Septiembre de 2020

Impresión y encuadernación: Autores Editores
Impreso en Colombia - *Printed in Colombia*

Portada y portadas secundarias:
Ilustraciones de Jorge Andrés Lozano Rivas

Prólogo

Las inconfundibles proezas verbales e imaginativas que nos presentan estos relatos nos sumergen en un idilio dubitativo que colinda con el dolor, el agravio, la angustia y la esperanza, que vienen a ser como los puntos cardinales de sus protagonistas, y la agudeza sin par que debemos poner frente a nuestro devenir sumando los avatares imprevistos que puedan amainar nuestra voluntad. Introducir la mano en el bolsillo secreto de estos cuentos magistrales es develar el palmarés sublime de la mujer como protagonista eximia de la poesía de la existencia, su irrestricta vocación de triunfo y el paladín esfuerzo que se debe forjar para protegerlas y encubrirlas no solo con la espada de la venganza sino en el huerto de la calidez y el amor.

Los entretejidos argumentos, la teatralidad de los pasajes, la angustia desovada del corazón que desemboca en el precipicio de las incertidumbres, el hilarante recurso de la inverosimilitud, el denuedo a la ventura, el proclive desafío a la informalidad creativa, el color fulgurante del lenguaje, son estos; aperos literarios que enriquecen la experiencia del lector y ponen de manifiesto la madurez artística del autor. Vamos descubriendo la pericia intrínseca de gran mérito que evidencia la práctica de una mágica escritura y un mundo inobjetable de temeridad que nos arroba a una pluralidad de sentimientos y emociones las cuales son el bastión para confirmar que buenas historias bien escritas son como fino perfume de gran precio, adentrémonos pues en sus esencias.

William Bedoya Pérez
Revisor de Contenido

HABLANDO CON EL ALMA

JORGE ANDRÉS LOZANO RIVAS

2015

HABLANDO CON EL ALMA

Siempre creí que yo
era en todo momento el mismo;
pero a veces soy otro y
otras veces, simplemente,
no soy.
Jorge Lozano

¿Acaso soy yo? ¿Cómo podría saberlo? ¿Cómo asegurarlo? Sí, es mi imagen, es mi reflejo; pero se ve tan complejo, tan independiente, tan completo, tan real, tan vivo, que podría ser otra persona totalmente distinta la que me mira al otro lado del espejo. Todos los días lo miro, lo observo, lo analizo. Siento que esa persona parecida a mí, a quien a veces no reconozco, también hace lo mismo. Él me mira, me observa, me analiza buscando las respuestas que yo tampoco puedo darle. Acaso se preguntará al igual que yo: ¿Quién es ese individuo al otro lado del cristal?

El ritual de la mañana se me hace agobiante, vacío y monótono, en especial cuando no existe un verdadero motivo para vivir un nuevo día. Lo único diferente en mis madrugadas, y que las hace depravadamente interesantes, es aquel hombre que se asoma insistente por el espejo para verme despertar. Junto a mi cama, al costado derecho y proyectando mi reflejo cuando estoy acostado, se encuentra el enorme mueble antiguo que heredé de mis padres y en el que examino mi rostro durante las primeras horas de cada día en el inmenso espejo que pareciera brotar de la gruesa y fina madera. Sin embargo, ya no estoy seguro que sea mi propia imagen la que veo; pues cierta mañana, cuando el sol apenas colaba sus primeros rayos por la ventana, al entreabrir mis ojos lo sorprendí contemplándome, sonriendo con una mirada sombría, sentado, mientras yo aún yacía acostado. Estuvo unos segundos con sus desalmados ojos fijos en los míos y, aunque yo di un violento brinco y salí de su campo visual presa del asombro, él no se movió. Continuó allí sentado, mirándome. ¿Cómo era posible? Me invadió el miedo, no puedo negarlo. Temblé, sentí nauseas, el corazón se agolpó con fuerza en mi pecho y me sentí, por poco, desmayar. Esa mañana cubrí con una manta el espejo y, con pánico, salí lo más rápido posible de mi propio apartamento en el que llevo viviendo cómodamente por tantos años. Lo que cuento sucedió hace una semana, justo al día siguiente en que perdí mi empleo.

Llevo una semana desempleado. Fue tan injusto mi despido, tan lamentable y a la vez tan frío, que preferiría no recordarlo. Pero ¿cómo no recordarlo? Tengo 40 años y pocas posibilidades de encontrar un nuevo trabajo dentro de un sistema económico decadente. Yo llevaba más de la mitad de mi vida haciendo lo mismo y reconozco que carezco de las capacidades necesarias para hacer algo distinto. Sí, era el mejor en lo que hacía; pero a veces ser el mejor no es suficiente. Ser el mejor despierta envidias, un sentido irrefrenable de competencia y el miedo inevitable a que la inferioridad ajena sea descubierta. Así lo sintió mi jefa, así se sintió esa mujer que me tenía bajo su cargo cuando le dijeron que iban a ascenderme por tercera vez, sin consultárselo siquiera; ella se llenó de envidia, de competitividad y de miedo. Me quería, me estimaba, me apreciaba, incluso aseguraba ser mi amiga; pero cuando se dio cuenta que yo estaba figurando notablemente en la compañía —más que ella— su cariño se extinguió de repente. Me despidió. Tenía el poder para botarme como un perro y en contra de las recomendaciones, e incluso de las órdenes de sus superiores, los mismos que me ascendieron, ella siguió adelante con su decisión. Ahora soy un desempleado más de esta sociedad, otro marginal desamparado que vive... de milagro.

No puedo sacarme aquella absurda idea de mi cabeza. Cada vez soy más consciente de que aquel sujeto en mi espejo luce un poco más arrugado y triste de lo que fue hace varios años. Yo, que siempre me vi a mí mismo como un hombre apuesto, positivo y jovial, ya no soy el mismo; ya no soy yo ese a quien miro a los ojos cuando me despierto. Ese de allí, no soy yo. Ha transcurrido ya tanto tiempo desde que me vi a mí mismo en el espejo y que me agradó lo que vi, que desconozco el momento preciso en que otro invadió aquel espacio inverso, pero exacto al mío. Ese que me mira cuando yo le miro luce tan viejo, desgarbado e infeliz, que incluso pareciera existir algo de maldad en su persona.

Hoy decidí, por fin, enfrentarlo; enfrentarme a ese usurpador que trata de imitar mi vida con menos juventud y con menos alegría en su mirada, hoy decidí enfrentar a ese que altera mi tranquilidad. No puedo continuar sintiendo miedo por un pedazo de madera y metal bruñido que no puede lastimarme. Si yo no puedo atravesar al otro lado —y aunque suene descabellado, ya lo intenté una vez— seguramente él tampoco. Quito la sábana con la que hace unos días cubrí el espejo y de inmediato me encuentro con su figura. Tiene los ojos arrugados y rojos, tiene arrugas evidentes en su frente y los cabellos más canos que de costumbre ¡Qué siniestra mirada! Me sigue con sus ojos e intenta imitar mis movimientos prolijamente; pero definitivamente no soy yo. Estoy seguro. Hay amargura en su mirar, una furia progresiva que intenta disimular con una sonrisa que logra alterar mi pulso y erizar mi piel. Me cuesta trabajo sostenerle la mirada, pues sus ojos me intimidan y me retan. Quizás debería romper en mil pedazos este vidrio y acabar de una buena vez con tanto horror. Pero ¿Cómo puedo dejarme amedrentar por un embustero? ¿Cómo puede asustarme un hombre más viejo y más triste que yo? Decidí retarlo, ofenderlo, sobreponerme a su jactancia infundada y por eso lo miro fijamente, aunque guardando un poco de miedo y de distancia. Debe ser él quien se sienta intimidado ante mi grandeza, mi belleza y mi juventud. Debe ser él quien sienta la necesidad de quebrar el cristal y no al revés. Y entonces, después de tanto mirarlo, después de sostener mi vista en sus enrojecidos ojos; puedo ver cómo se rinde y me regresa por un instante la imagen mía, la que me pertenece, la que debería estar allí toda la vida. Sí, ha vuelto el hombre joven, feliz y atractivo. Ese sí soy yo. Esta noche puedo dormir tranquilamente de nuevo. Ya no tengo miedo al que vive tras el espejo, él ya no vive allí, ya no me domina ni me dominará jamás.

Comienza un nuevo día, otra vez los tempranos rayos de sol atraviesan con sutileza mis persianas. Me incorporo en mi cama y al mirarme al espejo me veo allí, cubierto de luz y esperanza. Ese de allí soy yo: sonriente de alegría y sin sarcasmo, agitándose de un lado a otro en perfecta coordinación con mis movimientos. Ese sí soy yo. Me preparo una ducha caliente y mientras me retiro la ropa, me doy cuenta que no tengo razón alguna para despertarme tan temprano, para ducharme, ni para vestirme elegante; la verdad es que no tengo a dónde ir ni qué hacer y entonces ¿Por qué lo hago? El vapor cubre el baño mientras reflexiono desnudo sobre el lavamanos y al fijar mi rostro frente al nublado espejo del cuarto, mi alma se turba nuevamente; alguien ha escrito algo en el pequeño rectángulo, usando sus dedos como pincel. Aunque las letras están invertidas puedo leer el mensaje con claridad, el cual dice: "MÁTALA". Sí, alguien lo ha escrito desde el otro lado del espejo y es perfectamente legible ante mis ojos. "MÁTALA". ¿Fue escrito para mí? ¿Matar a quién? ¿Qué quiere que haga? ¿Por qué? Paso mi mano sobre el vidrio limpiando el vapor de agua y borrando aquellas palabras sombrías, pero cuando mi reflejo es revelado un grito inadvertido se escapa de mis labios. ¡Es él! Ha vuelto; pero esta vez a través del espejo del baño. Me mira insensible, severo, extraviado. En su sonrisa se manifiesta un odio muy diferente a la tristeza que reflejaba antes. Ese no soy yo. Estoy aterrado y mi cuerpo tiembla con violencia al descubrir que ahora "él" podría estar en todas partes. El usurpador no sólo podía manifestarse en el mueble junto a mi cama como llegué a pensar; ahora está en todo espejo existente, en cualquier vidrio y superficie que provea reflejo, pues lo veo en la puerta transparente de la ducha, en la grifería metálica del lavamanos y hasta en el agua empozada dentro del inodoro. Siento que no podré soportarlo. Él me persigue, me acosa y me hostiga. Esa imagen descompuesta me desespera, esa fealdad y ese odio en su mirada es un insulto para quien soy yo y lo que represento. No quiero volverla a ver, desearía poder reflejarme a mí mismo como lo hace todo el mundo, necesito volver a verme.

Hoy, después de tan larga espera, tengo una entrevista de trabajo. Ya no recuerdo cuándo fue la última vez que usé mi mejor vestido. Al no tener trabajo se fue gastando el dinero y con la ausencia de dinero se acabaron las fiestas, las cenas elegantes, las invitaciones a eventos, los encuentros con amigos y las citas con mujeres; por eso no volví a preocuparme por vestir bien. Es decepcionante darte cuenta que la sociedad es como un parásito que se alimenta de su huésped mientras éste se encuentra sano, mientras aún respira. Mis supuestos amigos y las mujeres que me rodeaban, eran parásitos cerebrales que me daban la ilusión de ser más dichoso y poderoso, mientras devoraban mi vida. Y mientras las personas cercanas eran parásitos, los bancos eran como un cáncer que quería engullirme sin piedad; entre peor fuera mi condición económica, más agresivo e invasivo era. Por eso debo trabajar de nuevo, por eso debo entregarme como sea, a la esclavitud de un trabajo mal remunerado pero digno. Tal como lo pensaba, mi traje negro ya no luce como antes; se ha desteñido un poco y la brillantez de sus hilos ahora parece un tejido de fibras de ordinaria transparencia. Ya no importa, a pesar de todo, es el mejor vestido que tengo. Combino el traje negro con una camisa blanca y una corbata amarilla cuyo nudo me costará mucho trabajo hacer, pues todos mis espejos están cubiertos. Sí, los envolví con sábanas, mantas y cobijas porque en todos ellos se asomaba aquel hombre extraño escribiendo mensajes profanos y desafiantes con su dedo. No quise romper los espejos pues quien me viese o escuchase pensaría que estoy loco, que he perdido la razón, y eso es lo que menos necesito en este momento tan específico de mi existencia. Como puedo me acomodo la corbata y aunque los largos de cada extremo no quedan perfectos, es lo mejor que puedo hacer casi a ciegas.

La entrevista va muy bien. Mi interlocutor me mira con agradado interés y se respira un aire de confianza y amabilidad en el ambiente. Me siento seguro y optimista, pues pareciera que el cargo hubiese sido diseñado específicamente para mí y mi experiencia. Una nueva esperanza se consolida para mi futuro y percibo la agradable probabilidad de que todo puede ser mejor. Pero entonces lo veo. ¡Me siguió hasta aquí! ¿Por qué el escritorio de mi entrevistador tenía que ser de un vidrio negro reflectante? Cuando estrechamos la mano sobre el gigante escritorio para despedirnos, en donde debería estar mi reflejo vi a ese hombre allí, imitando mis movimientos, quien se giró en mi dirección para sonreírme con sevicia. Di un salto atrás de la impresión que me causó ver a ese que usa mi imagen, con su presencia cada vez más abandonada y macilenta. Cuando el entrevistador me preguntó si algo malo había ocurrido, no tuve más opción que decirle una mentira: «Una fuerte descarga de energía estática» contesté. Lo pude ver durante todo el camino de regreso a mi apartamento. Lo vi en los espejos del transporte público, en los grandes ventanales de los edificios, incluso en los charcos de lluvia formados en el pavimento; y con cada aparición mi corazón se estremecía más y más. Cuando llegué a casa caí como una roca sobre mi almohada. Había sido un día agotador y enfermizo.

Acabé de colgar una llamada. Era la empresa a la que me había presentado hace unos días para la entrevista. Me dijeron que mi currículum les había parecido muy interesante y que efectivamente el trabajo era "como creado perfectamente para mí"; no obstante, me contaron que con el fin de verificar mis referencias laborales tuvieron que llamar a mi antiguo empleo y mi exjefa, esa maldita mujer, dio pésimas referencias de mí. La llamada tenía como fin confirmarme que no era posible contratar en su empresa a alguien que holgazanea constantemente, que se evade de su puesto de trabajo, que acosa sexualmente a sus compañeras y que además, siempre llega tarde. Casi que no lo pude creer. ¿Cómo era posible que la mujer que por tantos años me estimó, que me ofreció su apoyo incondicional, que dijo estar dispuesta a hablar lo mejor posible de mí cuando solicitaran referencias y a la que tanto ayudé a escalar en su trabajo, estuviese despotricando de mi labor ejecutada y a mis espaldas? No bastándole con haberme quitado el empleo ¿ahora se convertía en impedimento para que obtuviera uno nuevo? Desesperado, me siento a llorar frente a la ventana. Afuera los niños juegan, la gente pasa sonriendo, algunos caminan en parejas y otros simplemente hacen ejercicio bajo el sol que reverbera con gran intensidad. Y mientras contemplo envidioso la felicidad ajena, por culpa del efecto que genera la fina capa de polvo sobre el exterior del cristal, la imagen del usurpador se vuelve a hacer presente, lanzándome de espaldas contra el frío piso de mi apartamento. Antes de caer pude notar claramente aquellos ojos rojos mirándome con su rostro camuflado entre la gente y los colores verde, azul y gris de la ciudad. Permanezco inmóvil y horrorizado con la vista fija en el vidrio por el que ahora sólo se distingue el polvo incrustado y el cielo azul al fondo; y entonces, ante mis ojos, como si fuese un acto de espeluznante magia, un dedo invisible limpia la suciedad al mismo tiempo que escribe: ¡MÁTALA, MÁTALA! Salgo de mi apartamento a toda velocidad en busca de alguien que me ayude a liberarme de esta aparición, alguien que me crea y que sea capaz de salvarme de este tormento. «Pensarán que estoy loco» me reprendo a mí mismo, antes de descender por las escaleras, y regreso a mi apartamento.

Nuevamente la noche ha cubierto a la ciudad con su velo de penumbra. Yo estoy en mi cama, exhausto por tan intenso día. Yazco inmóvil, cansado también de ese malévolo ser que se oculta tras los reflejos esperando a que yo me asome. Esto no puede seguir así, nadie puede vivir viendo una imagen dentro de los espejos que no le pertenece y que además, pareciera querer causar daño. Estoy decidido. Nuevamente le haré frente a ese hombre, nuevamente lo retaré; pero esta vez será para siempre. Me reincorporo y echo un vistazo al mueble con el espejo que reposa a mi derecha. Está cubierto con una sábana blanca, tal y como lo había dejado desde que todo esto comenzó. Lo miro con desconfianza mientras planeo cuál será mi estrategia, mientas pienso qué le diré y qué le haré al maligno ser que se encuentra allí, esperándome. Pero es mejor no pensar mucho, entre más lo piense más correrá el tiempo y el tiempo es el alimento de la cobardía. Me hago a un lado del espejo cubierto y arranco la sabana con un solo movimiento. Las luces están apagadas y supongo que así podré hacerle frente de mejor manera. ¿Estará allí? Aún no, no lo creo. Él está esperando a que me asome. Ya he aprendido a conocerlo muy bien.

Es hora de asomarme hasta ver mi reflejo, es hora de enfrentar mis miedos y derrotarlos. Camino muy despacio y me ubico frente al espejo ya descubierto y tal como lo esperaba, él hace lo mismo. Allí está. Estamos frente a frente. Lo miro, y él hace lo mismo con sus ojos enardecidos y su sonrisa altiva. Es él, con su arrugada piel y su cabello encanecido prematuramente. Es él y, definitivamente, él no soy yo. A pesar de su aterrador y demacrado aspecto, esta vez no me resulta tan desconocida su figura. Esta vez identifico algo de mí en su imagen y por unos segundos pienso que quizás no tiene la culpa de ser quién es. Quizás él es otro hombre, al igual que yo, que sufre y que posee problemas; un hombre que sueña y que se duele cuando no logra lo que desea. Seguramente es una criatura que no tiene la culpa de vivir al otro lado del espejo, donde todo luce al revés y donde posiblemente también todo es contrario.

Aunque su rostro es diferente al mío y pareciera querer matarme con la mirada, yo tengo una ventaja sobre él: Él obedece a la mayoría de mis movimientos. Decido así acercarme más al espejo. Camino hacia el hombre, paso a paso, aunque esta vez no se mueve, simplemente me observa. Me mira como lo haría un niño frente a los animales de un acuario, expectante a través de una gruesa capa de vidrio. Acerco mis ojos a los suyos aún más para demostrarle que no le temo y, finalmente, responde igual. Ahora decido tratar de comunicarme con él apoyando la palma de mi mano contra el espejo, esperando que haga lo mismo, pero no lo hace. Su sonrisa acaba de crecer, podría jurarlo. Él mira mi mano burlándose de mi ofrecimiento, pero al ver que yo no desisto en bajarla, opta por apoyar la suya también, ubicándola perfectamente frente a la mía. Esto es un avance, es un progreso, se podría decir.

¿Qué es esto? ¿Qué está pasando? Noto que su brazo derecho está ensangrentado desde la mano hasta el codo, a diferencia de la mía que luce limpia. —¿Qué hiciste? ¿De quién es esa sangre? —Pregunto a gritos y él, desafiando nuevamente mis movimientos, se echa a reír a carcajadas mientras me enseña su otro brazo, empapado aún más en fresca sangre. Le grito toda clase de improperios, le hago toda clase de acusaciones, mas él se ríe con más fuerza. Finalmente, deja de reír y señala con sus dedos mis manos. Las miro, quiero ver lo que él quiere mostrarme, y con horror me doy cuenta que también están cubiertas con seca sangre hasta los codos ¿Cómo es posible?

Inspecciono mis manos y mi cuerpo en busca de alguna herida, puedo ver de reojo que él copia mis movimientos al otro lado del espejo, y con angustia descubro que esta sangre no es mía ¿A quién le pertenece? ¿Es sólo un espejismo? ¿Acaso aquel ser malévolo sí puede hacerme daño desde su flanco, sin siquiera tocarme?

Entonces vuelven a mi mente, como un relámpago iluminador, los recuerdos de lo sucedido hoy en la tarde, cuando me dispuse a salir en busca de ayuda. Al comienzo pensé en remitirme a algún brujo, un experto en actividad paranormal o al párroco de alguna iglesia; pero desistí inmediatamente al darme cuenta que sería inútil tratar de arreglar así la situación, cuando lo correcto sería ir al origen de todos mis problemas. Recuerdo que opté por dirigirme a mi antigua empresa y concerté una pequeña cita con mi exjefa con el fin de ponernos al día respecto de los recientes acontecimientos de nuestras vidas y hablar de negocios, quizás. Ella no encontró problema alguno en aceptarme una invitación a almorzar, con la excusa también de agradecerle por haberme concedido la oportunidad de trabajar con ella durante tantos años. Tomamos un taxi y la traje aquí, a mi apartamento; era la primera vez que ella lo conocía y se mostró un poco incómoda por la situación. Le dije que no tenía de qué preocuparse. «No hay mejores platillos que los que se preparan en casa» le repetí varias veces. Ya un poco más tranquila, quedó gratamente sorprendida de mis talentos culinarios y agradeció mi invitación con una sonrisa y halagos sobre mi personalidad y mis calidades profesionales. ¿Por qué dio entonces tan malas referencias de mí? —pensé para mí—. Acepté sus palabras loándome y sus frases de consuelo animándome a continuar en la búsqueda de un nuevo trabajo, como si fueran sinceras y ciertas. Una parte de mí quería creerle. Pero entonces, cuando me dispuse a abrir una botella de vino tinto para ofrecérsela, vi en el reflejo de la misma a mi plagiario, quien con una mano sostenía la botella y con la otra apuntaba en dirección a la mujer que me había traicionado y por la cual yo estaba desempleado y arruinado. Aquel reflejo sobre el rojizo líquido era insistente y exasperante tratando de llamar mi atención, lo que me hizo comprender a qué se refería con sus mensajes y de quién se trataba cuando me escribía: ¡MÁTALA! ¡MÁTALA! Yo, que con esta invitación sólo buscaba un momento de redención para liberar mi alma de tanto odio y toda la raíz de amargura que me oprimía, por un momento pensé en hacer caso a los consejos del hombre que me acosaba al otro lado del espejo. Pensé obedecerle para descargar mi furia con un cuchillo carnicero sobre la mujer físicamente débil, pero no fui capaz. Ella y yo disfrutamos el vino, lavé los platos, puse en orden el comedor, le dije que la llevaría de vuelta a su trabajo y... no, no recuerdo qué pasó después.

Estoy corriendo por el pasillo que conecta a las habitaciones con la sala y con el comedor de mi apartamento y reviso cada espacio de él. Mis recuerdos no volvieron completos y necesito respuestas respecto de la forma en que transcurrió y culminó la tarde. Cuando por fin llego al comedor, puedo ver la silueta de mi exjefa aún sentada, de espaldas a mí y la mesa servida con los restos de un almuerzo trasnochado. ¿Qué hace todavía aquí si ya es de noche? ¿Qué hace aquí sentada, en medio de la oscuridad?

Me acerco cada vez más al comedor disminuyendo al mismo tiempo mi paso, esperando no encontrar lo que sé que voy a encontrar. Cuando estoy a la distancia justa para hacerlo, coloco mi mano sobre el hombro de ella esperando una respuesta, una reacción o algún gesto; pero nada sucede. Mi exjefa continúa inmóvil y fría como la noche. Me siento en la silla contigua y al ver su rostro inerte me pongo a llorar. Sabía que no se movería, sabía que no respondería a mi llamado porque un gigantesco cuchillo ha entrado por su boca hasta chocar con una de sus vértebras cervicales, haciéndola permanecer allí sentada, con un grito que se ahogó inmortalizado hasta el infierno por el accionar de una gruesa hoja plateada.

—Yo no lo hice —me repito una y otra vez. ¡Fue él! Él la ilusionó con una deliciosa comida y en el momento menos esperado introdujo un cuchillo en su boca, tan rápido que su cuerpo quedó erguido, sentado sobre la silla, como negándose a la muerte. Ella también me ilusionó por muchos años con estabilidad laboral, un futuro asegurado y su amistad; para luego, en el momento menos pensado, expulsarme como a un perro de la compañía. De todas formas, no hay nada —¡Nada! —que justifique tan aborrecible actuar. Insisto, no fui yo; pero si lo hizo él ¿Por qué son mis manos las que ahora están cubiertas de vino, sangre y muerte? Y si lo hizo él ¿Por qué me siento tan culpable?

Regreso lo más rápido que puedo a mi habitación, allí estaba él la última vez que lo vi. Mi espejo es, sin duda, la ventana más grande y clara a través de la cual puedo comunicarme con ese farsante asesino.

Cuando por fin me asomo ante el espejo, para encontrarme de frente con tan despreciable ser, mi mente se turba y sumerge en el más absurdo desconcierto; pues lo que veo es imposible de comprender. Al otro lado hay un hombre joven, sin arrugas ni canas, con mirada inocente y de manos limpias, intentando descifrar con miedo en su expresión quién soy yo. Ese que me observa con tribulación en su corazón, sí soy yo; pero entonces... ¿Yo quién soy?

Examino cuidadosamente mis manos teñidas con el rojo del vino y de la sangre que, por el color y por la textura, pareciera que fueron derramados sobre mí hace unas horas. Por debajo de los líquidos ya secos y aglomerados, se esconden unas manos arrugadas y cubiertas en pecas que difieren evidentemente a las que porta el nuevo hombre en el espejo. ¿Cómo se atreve ese, ahora tan jovial y tan apuesto, a robarme mi anterior aspecto y exhibirlo con tal descaro ante mí? No existe otra explicación: De alguna forma logró que nuestras apariencias se intercambiaran para inculparme por su atrocidad cometida. ¿Cómo lo hizo?

No, él no puede salirse con la suya. Su crimen no puede quedar impune y tampoco es digno de conservar mi juvenil apariencia. Cierro mis puños y empiezo a golpear frenéticamente el vidrio hasta que se forman grietas. Al otro lado, mi reflejo asustado me implora calma; pero ya es muy tarde, tendrá que pagar por todo el daño que me hizo y por la víctima que reposa extinguida en el comedor de mi apartamento.

Cuando logro crear un roto en el espejo por el que cabe mi brazo completo, lo introduzco y así logro agarrar al perverso asesino del cuello. Ahora que sus ropas y piel están limpias y que en su tez se preserva la juventud y la hermosura que me caracterizaron unos años atrás, él representa con esmero el papel de inocente víctima. Está llorando y a gritos clama por su vida, pero es muy tarde y sus súplicas no son lo suficientemente convincentes para mí. Sé que me está mintiendo. Haciendo uso de toda mi fuerza, lo halo hacia mi mundo y en su trayectoria hacia mí, el espejo se estalla en mil pedazos; como si toda una dimensión completa hubiera atravesado por aquel marco de madera. Forcejeamos en el suelo y mientras nos revolcamos de un lado a otro ferozmente, algunos vidrios se clavan por todos nuestros cuerpos. Sus ojos ya no lucen intimidantes y su fuerza es notablemente inferior a la mía; es obvio, yo soy real y él, en cambio, es sólo un reflejo. Ese no soy yo. No merece lucir como yo.

Lo tengo debajo de mí. Sus fuerzas no soportarán mucho y entonces, armándome con un trozo de espejo roto, dejo que todo el peso de mi cuerpo caiga sobre su cuello para que así, el pedazo de cristal lo perfore con la facilidad con la que un cuchillo caliente atravesaría un bloque de mantequilla. Él intenta detener la profusa hemorragia con su mano, pero resulta inútil, toda su sangre se escapa a borbotones y pronto cubre la totalidad del suelo en la habitación.

¡He vencido! Aunque estoy en el piso y agotado, me siento victorioso. Junto a mí, reposa el cadáver del impostor asesino que por tanto tiempo amedrentó mi mente y mi corazón. Me levanto sin alientos ni fuerzas por la intensa pelea y me dirijo al baño para curar mis heridas, no sin antes lamentarme porque mis manos aún lucen viejas y con arrugas, pecas y vellos canosos, normales para alguien de mi edad.

Cuando me ubico ante el espejo, me encuentro ante el vacío de un reflejo en el que no estoy yo. No, no hay nadie allí. En la pieza rectangular veo claramente mi cuarto de baño inverso; pero sin mí en él. Entonces nuevamente la angustia y las lágrimas se apoderan de mis ojos al encontrarme otra vez carente de reflejo; antes porque quien estaba al otro lado no era yo y ahora, porque al otro lado no hay nadie.

Las náuseas me invaden, mi respiración cada vez es más difícil y siento que en cualquier momento me desplomaré sobre el lavamanos. Un chorro de sangre brota imparable desde mi cuello y al palparme, siento un trozo de vidrio del tamaño de mi puño dentro de él. Quisiera verme al espejo para extraerlo con cuidado; pero está vacío, no hay nadie del otro lado. No tengo reflejo. No soy nadie.

Ya no puedo más, la vida me pesa y creo que sucumbiré ante la muerte. Me iré al otro mundo sin saber si soy un hombre real o un embustero. Me iré al otro mundo con una sola pregunta en mi cabeza y un único remordimiento:

¿Quién soy? ¿Soy yo? ¿Soy yo real o soy un simple reflejo?

EL ÚLTIMO HOMBRE

JORGE ANDRÉS LOZANO RIVAS
2017

EL ÚLTIMO HOMBRE

"Pasado y futuro no existen"
dicen las malas lenguas;
mas para que exista el viejo,
es necesario evitar que
muera el niño.
Jorge Lozano

Todos los días me siento sobre un gran tronco de árbol a la orilla del río y medito frente al boscoso paisaje. Es mi único momento de sosiego y soledad, aun cuando llevo mucho tiempo sin toparme con alguna persona… viva. Mi silla es una porción seca de lo que alguna vez fue un majestuoso álamo al cual suelo imaginar en otro tiempo alzándose jactancioso sobre sus hermanos forestales que, por la ubicación tan cercana al cuerpo de agua, debieron ser más pequeños y esbeltos. Ahora el álamo es un pedazo de madera seca que se descompone nutriendo al suelo y que sirve de asiento para mi cansado cuerpo. No importa que tan grande logres ser ni que tan alto logres llegar, terminarás como este árbol: en el piso, muerto, descompuesto, hecho pedazos, esclavo del viento y alimentando a los gusanos. El sol de la tarde resplandece sobre el agua para formar pequeños arcoíris de todos tamaños y colores, su calor hace brotar del suelo un olor a jazmines y fresca hierba y el susurro de la corriente, lenta y armónica, genera paz en todo mi ser, la que tanto me hace falta. De repente los arcoíris se tornan oscuros y siniestros, la fragancia a bosque se convierte en fetidez y pestilencia, y el murmullo del agua en su transcurrir es opacado por quejidos de dolor y violencia. Mi tiempo de meditación ha terminado, ellos han llegado. Nuevamente dejo de estar solo. El río que me producía tanta paz unos minutos antes, ahora está lleno de cadáveres; unos flotando exánimes y otros sacudiendo sus carnes pútridas de un lado a otro. Es posible que yo sea el último hombre sobre la faz de la tierra, el único ser humano vivo que queda y los muertos que caminan, nuevamente, han dañado mi momento de armonía.

Nadie supo con exactitud lo que ocurrió. Todo fue muy rápido. Un día fuimos una sociedad floreciente bajo el amparo de la ciencia y la tecnología y otro día, ambas cosas desaparecieron. Los humanos dejamos de existir. Todo se destruyó. Muchos murieron como el viejo álamo frente al río; pero a diferencia del árbol, la mayoría de fallecidos se rehusó a quedarse así. Esa fue la noche en que los muertos caminaron entre nosotros y a su paso, generaban más y más de su clase. Cada vez que alguien sucumbía frente a la muerte, se levantaba de nuevo; pero no como una metáfora victoriosa de esperanza, sino como una alusión desesperada al horror. Los muertos despertaban sin conciencia, sin inteligencia y sin corazón. Eran bestias salvajes, caníbales que no atendían razón alguna. Los muertos vivientes, los caminantes, los pasmados, los zombis o como quiera que se les llame, sólo vivían para alimentarse y lo hacían de carme fresca, carne viva; y como la única forma de enviarlos definitivamente al otro mundo es incinerándolos, destrozando su cerebro o separando la cabeza del cuerpo, la población de vivos nos redujimos considerablemente en muy poco tiempo. No tuvimos oportunidad de organizarnos, no pudimos crear un plan de contingencia y en cuestión de meses ellos eran más, muchos más que nosotros. Los muertos arrasaron con los vivos con tal facilidad, que nuestra supuesta superioridad y señorío sobre las demás criaturas de la tierra, quedó en manifiesto ridículo.

Perdí a mi familia y así también perdí mi esperanza. Mis padres, hermanos, hermanas y amigos dejaron de existir o bueno, al menos como yo los conocía. No tenía ya razones para vivir ni por qué más luchar. Lo perdí todo. No había en qué trabajar ni quien pagase un sueldo, mucho menos en qué gastarlo. Mis aficiones y pasatiempos se esfumaron de repente; pues lo único prioritario para todos los seres humanos que quedábamos era sobrevivir, evitar dejarse tragar por aquellas criaturas infames para conservar nuestra humanidad y dignidad. ¿Quién iría a un casino o pensaría en bailar en una Disco a sabiendas que centenares de muertos podrían entrar y devorarte en cualquier momento? Y así, sin aspiraciones laborales o el sueño de una excelsa calidad de vida, me di cuenta que por más de treinta años estuve luchando por lo incierto, lo temporal y lo efímero. Tanto dinero, tanta fama, tantas posesiones y títulos, ya no valían nada. ¿Cuál es la razón de la existencia? ¿Para qué vinimos al mundo? Yo tenía muy claro, desde antes que todo esto sucediera, que no estamos aquí para pasar diez horas diarias en una oficina generando el dinero necesario para pagar, mes a mes, deudas a un banco. Ahora que ya no hay empresas ni entidades bancarias, también estoy convencido que no estamos en este mundo para ser devorados por cadáveres y luego levantarnos como salvajes que deambulan en busca de carne nueva. No, yo aún sueño con un fin superior, con un propósito divino que me permita trascender en la historia y hacia la eternidad.

Fue el instinto —más que la razón— lo que me condujo de una forma casi autómata a atravesar una varilla en la cabeza de mi padre, a dispararle en la frente a mi hermano y a decapitar a algunos de mis amigos; fue el instinto de supervivencia lo que me impulsó a seguir caminando por la vida, aun cuando muchas veces preferiría dejar de hacerlo. Estuve lleno de culpa y remordimiento por mi violento actuar en contra de aquellos con los que compartí mis días —buenos y malos—; pero tras analizar por mucho tiempo a esos seres en que se convertían las personas después de muertas —hostiles, lerdos y antinaturales—, supe que esos a quienes maté con mis propias manos ya no eran los mismos a quienes alguna vez amé. Esos que se levantaban nuevamente después de su último suspiro de humanidad, no eran mis amigos ni mucho menos mi familia; eran solo corazas y ropajes vacíos recordándonos que alguna vez, en sus podridas carnes, albergaron una conciencia, un espíritu y una vida.

Ya no quedan en el mundo espacios que conserven un verde natural y orgánico, ni mucho menos en el que también fluya un acaudalado río atravesándolo de lado a lado. Los bosques que conocía ahora son desiertos y las riveras se secaron; como si al desaparecer las personas que tanto daño hicieron al planeta, éste agonizara aún más. Sí, era mucho el detrimento que le causábamos a la Tierra, pero quizás también, por otro lado y de alguna forma que no podría explicar con mis limitados conocimientos de contador público, la ayudábamos a mantenerse viva. Humanos y planeta Tierra, quizás éramos algo así como una de esas relaciones tóxicas de pareja que existían cuando aún quedaban humanos, en las que no podían vivir dos en armonía, pero tampoco el uno sin el otro. Por todo lo anterior, este punto a la orilla del río es mi jardín de paz, mi templo zen ¡mi paraíso en tierra! y esos miserables han venido nuevamente, como todos los días, a profanarlo. Tomo mi maletín cargado con agua y alimentos que acabo de conseguir y me dirijo de regreso a mi hogar, por una ruta que cuidadosamente yo delineé y que ellos no podrán seguir.

Vivo en el último piso del edificio más alto de mi ciudad. Esta zona era antiguamente conocida como "el Centro" y en sus calles se mezclaba exquisitamente la arquitectura colonial con la moderna. Hoy sólo quedan ruinas de ambas y ya no importa de qué época sean, todas las ruinas lucen iguales: son la manifestación visual de la soledad y el olvido. Yo no crecí en esta zona; de hecho, cuando todo comenzó, vivía en un barrio "acomodado" muy lejos de aquí. Era un oficinista cualquiera, sin ninguna característica particular o cualidad sobresaliente. Era un "*don-nadie*" que cumplía su horario, pagaba la renta y esperaba los viernes para deleitarme con el dorado néctar de una cerveza. Era un "don-nadie"; pero a diferencia de muchos famosos, gobernantes y hombres de prestigiosa reputación, yo aún sigo vivo y cada vez me convenzo más que soy el último hombre sobre la tierra.

Una tarde, después de almorzar con mis compañeros, nuestro jefe nos contó de una extraña noticia divulgada unos momentos antes por la televisión. Relató que un reconocido laboratorio había sufrido una explosión y que un bombero, quién había rescatado a varios afectados por el incendio, fue mordido por uno de ellos. Todos tomamos la noticia como una curiosidad, un caso de confusión causada por las llamas, el pánico y el humo. Nada más. A la hora siguiente, las noticias hablaban de ataques caníbales en el hospital, la estación de bomberos y los barrios aledaños a la zona del incendio. *"...La gente padece de una extraña enfermedad mental que las obliga a atacarse unas a otras...", "...un brote de esquizofrenia agresiva se está expandiendo sin control...", "...No mostraban signos vitales; pero después de unos minutos reaccionaron..."* eran algunas de las frases que repetían los medios y que yo recuerdo. Una hora más tarde, la mitad de la ciudad había desaparecido. Un par de horas después, dejaron de transmitir noticias en muchos canales y estaciones de radio. Los vehículos se estrellaban, los edificios se incendiaban y las máquinas fallaban; mucha gente moría cada segundo por doquier. Todo era un caos. Una semana después sucumbió el país y al cabo de dos meses, en todo el globo terráqueo, había personas infectadas diseminando sin control alguno su condición. El mundo entero colapsó y ni siquiera con nuestra tecnología y conocimientos pudimos comunicar ni transmitir el evento con precisión.

Al comienzo intenté proteger prioritariamente a mi familia. Nos refugiamos en el apartamento de mis padres con todos mis hermanos, tíos y algunos primos. Los muertos no tardaron en traspasar las rejas y puertas y la única forma de salir de allí fue a través del techo, pasándonos de un edificio a otro. Fue un milagro que mi hermano menor y yo sobreviviéramos, los demás no corrieron con la misma suerte. Aún me duele pensar la forma tan desgarradora y humillante en que murieron papá y mamá; por eso prefiero no entrar en detalles. En nuestro escape, intentando buscar un nuevo techo y comida, nos unimos a un grupo de jóvenes que al igual que nosotros, habían sobrevivido por pura suerte. La juventud es una gran ventaja cuando de correr varias horas al día se trata y eso era precisamente lo que hacíamos todo el tiempo. Yo, que como ya lo había mencionado anteriormente era un joven oficinista y sin mérito alguno en la vida, no tenía algo que ofrecer al grupo de sobrevivientes a cambio de las membresías de mi hermano y mía, excepto por mis conocimientos en artes marciales y mis rutinas de entrenamiento para correr maratones. Así es, yo carecía de valor como ser humano; pero en mis ratos libres, sin más que hacer y cansado de la realidad, trataba de cuidar mi cuerpo trotando y corriendo. Por otro lado, desde pequeño, practiqué artes marciales para mantener alejados de mí a los matones de la escuela y mantener mi autoestima en alto. Nunca imaginé que mis aficiones juveniles llegaran a servirme de algo y mucho menos, para salvarme la vida frente a un apocalipsis. Entrené a los jóvenes como guerreros, los doté de armas y armaduras fabricadas por nosotros mismos y de esa forma, sin quererlo, pasé de ser un intruso a ser su líder. Cada persona nueva que recibíamos o rescatábamos, era entrenada y apadrinada por mí con el único fin de sobrevivir al amparo de una nueva familia. Formamos así nuestra resistencia y pudimos prolongar nuestra existencia por varios años más. Con la experiencia otorgada por el transcurrir de los días, descubrimos que cuando permanecíamos mucho tiempo en un mismo lugar y en grupos grandes, nos convertíamos en un imán para los zombis; pues daba la impresión que estos seres eran guiados por un olfato más poderoso que el canino y un oído más agudo que el de un murciélago. Dondequiera que hubiese una reunión de vivos, los muertos arribaban en poco tiempo. Decidimos construir entonces una fortaleza que nos permitiera estar juntos pero sin estar hacinados y que al mismo tiempo, estuviera estratégicamente ubicada para poder salir y explorar la ciudad en busca de provisiones. Nos turnábamos para ir por combustible, alimentos, ropa y así, escapando de un lugar a otro, terminamos en este edificio en el que ahora vivo rodeado de murallas, trampas y laberintos imposibles de superar por alguien sin conciencia. Este siempre ha sido un lugar impenetrable y seguro, un santuario con capacidad para albergar a todos los vivos posibles. Incluso instalamos una estación de radio con alta frecuencia que sin cesar emitía un anuncio de esperanza, invitando a los sobrevivientes a continuar su existencia junto a nosotros. Al comienzo llegaban personas por decenas, luego grupos más pequeños y desde hace unos cinco meses para atrás, nadie. Ya he perdido toda esperanza de cruzarme con otra persona consciente. Mi hermano y los demás miembros del grupo no lograron sobrevivir a las excursiones; fueron mordidos o devorados mientras buscaban comida, armas y combustibles. A mi hermano, como ya lo había mencionado anteriormente, tuve que dispararle en la cabeza antes de que se convirtiera en una de esas "cosas". Igual tuve que hacer con varios de mis amigos, asesinarlos de formas violentas y crueles; aunque ya no eran ellos —o por lo menos así me consuelo—. Ahora sólo quedo yo.

Alrededor de la edificación hay tres murallas, cada una más alta y gruesa que la anterior a medida que se ingresa. Nosotros construimos las dos exteriores, mientras que la más interna ya era parte original del edificio. Nos dimos cuenta que esta muralla, incluso con sus cinco metros de altura, no era suficiente para impedir totalmente el paso de los muertos. En una ocasión lograron acceder por encima de ella después de acumularse muchos cuerpos en un mismo costado; los muertos simplemente treparon por sobre sus compañeros y llegaron hasta el edificio, hasta nuestros apartamentos. Fueron momentos de angustia y presión. Eso nos instó a construir dos muros más.

Al construir las dos murallas externas, dejamos una única puerta en cada una de ellas por la que apenas cabe un vehículo del tamaño de un autobús. Las hicimos de ese tamaño pensando en las excursiones que hacíamos utilizando camionetas y furgones. Hasta el momento han servido para resguardarme de todo peligro. Hoy, por ejemplo, decidí buscar provisiones a pie para generar la menor cantidad posible de ruido. Una vez terminada la jornada, regreso a mi guarida y una vez aquí, al caminar entre los muros, voy abriendo y cerrando con llave cada puerta a mi paso.

Cuando se ingresa al edificio, después de la tercera muralla, hay una enorme zanja de alrededor 10 metros de ancho y otros 10 de profundo, que me separa de la edificación y que sólo puede cruzarse a través de un puente colgante. En su época, la zanja correspondía a una especie de río que daba la impresión al edificio de estar ubicado en una moderna isla; pero nosotros decidimos sacar el agua, excavar más y agrandar tanto el ancho como el profundo de la zanja. Al ser un puente colgante diseñado para peatones lo que cruza la zanja, los vehículos deben quedarse en un parqueadero ubicado en el extremo exterior, ya que la entrada a los garajes subterráneos colapsó en la construcción de la misma. Fue un arduo pero gratificante trabajo de ingeniería primitiva.

Cruzo el puente colgante con mucho cuidado; lo diseñamos de tal forma que las tablas sobre las que se camina tuvieran una separación por la que cupiera una persona promedio. En vista de que los muertos no pueden calcular los espacios, al primer intento de cruzar el puente caen al precipicio. Abajo los espera una trampa de púas, cuchillas y puntas metálicas que diariamente, antes de afilarlas, incinero y limpio de forma manual. Cuando el metal toca sus cabezas o las atraviesa, por lo general mueren enseguida; de lo contrario, debo descender yo a terminar el trabajo. Para salir de la zanja existe una escalera "tipo gato" que también resulta imposible de trepar para un muerto.

Ahora camino a través de un laberinto lleno de trampas, obstáculos y puntos ciegos. El laberinto está perfectamente señalizado y me permite entrar y salir las veces que quiera siguiendo los avisos fluorescentes; pero resulta mortal para quienes no saben leer. Para mi fortuna, los muertos vivientes no recuerdan sus épocas de colegio ni de universidad y suelen terminar cayendo en todas las trampas. Aquí nuevamente me toca encargarme de la limpieza, solo; pues de empezar a saturarse las trampas, éstas perderían su efectividad o terminarían bloqueándome el paso dentro del laberinto. Por fortuna, hace mucho los muertos no vienen por estos lados y los pocos que se acercan con gran dificultad pasan el primer muro. Ya no debo hacer tantas limpiezas como antes y únicamente, muy de vez en cuando, hago una ronda alrededor del muro más externo para eliminar e incinerar a los zombis que estén cerca. El ruido que ellos hacen activa y atrae a sus iguales, mientras que el fuego los intimida; por eso es tan importante la ronda diaria.

Una vez superado el laberinto, ingreso en el edificio protegido por dos puertas, una metálica y otra de grueso vidrio y me dispongo a subir por el ascensor hasta el último piso. Allí está mi apartamento, el pent-house obviamente. El ascensor, que aún funciona gracias a una enorme planta eléctrica operada con combustible, me lleva hasta el piso 50° en el que antes había cinco pent-houses de más de cien metros cuadrados, cada uno. Hoy en día, los cuatro restantes parecen más un depósito de alimentos no precederos y armas; bueno, el mío también, la única diferencia es que allí hay una cama. Cuando aún existía la resistencia, yo era el encargado de administrar los alimentos entre el grupo y asegurar que nadie consumiera más de lo necesario; ahora que estoy solo, los alimentos se han acumulado por montones y creo que tendría suficiente para los próximos veinte años. Adicionalmente, en los pisos intermedios del edificio, en los que se había concebido inicialmente un jardín colgante, plantamos un huerto natural y autosostenible que produce tomates, zanahorias, papa, yuca, remolacha, calabazas, diversas frutas y hasta hierbas que sólo sirven para condimentar los alimentos. Nunca, en mi vida pasada, había tenido tanto y creía que la pobreza era la razón de mi soledad; lo irónico es que ahora, cuando lo tengo todo, incluso un mundo completo a mis pies, sigo irremediablemente solo. Me asomo a la ventana y puedo ver toda la ciudad desde donde empieza hasta donde termina y me cuesta trabajo creer que no quede alguien más en este inmenso mundo. Si hubiese alguien allí, si pudiera compartir todo de lo que ahora soy dueño, mi existencia sería más llevadera, más fácil, menos frustrante. ¿Hay alguien allí?

Esta mañana un ruido me ha despertado. Es un ruido que no había escuchado antes y además de continuo, es cada vez más fuerte. Pareciera la alarma de evacuación o seguridad de algún edificio, pero ¿por qué cada segundo es más intenso y aturdidor? Debo apagarlo antes de que atraiga a miles de muertos, si es que ya no lo hizo. Decido asomarme al balcón y tener una mejor perspectiva de la situación; si identifico la zona de la que proviene el exasperante sonido, será más fácil llegar para desactivarlo directamente desde la fuente. No obstante, al asomarme y posarme frente a la vista panorámica de la ciudad, mis ojos no pueden creer lo que ven. Por la autopista principal hay un carro cisterna moviéndose a toda velocidad arremetiendo contra todo lo que encuentra a su paso. En sus costados, la parte de atrás y por encima, noto que algunos muertos se han aferrado con todas sus fuerzas intentando ingresar, y cada vez en mayor cantidad, al interior del vehículo. Pero lo más angustiante de la escena que presencio, es que el camión se dirige a toda velocidad hacia mi edificio y no percibo en él intenciones algunas de detenerse.

La puerta de madera del primer muro se hace trizas, la pared del segundo muro cae y el tercero detiene, por fin, el avance del carro-tanque; aunque, por desgracia, tampoco sale incólume del encuentro. La trompa del camión alcanza a sobresalir del otro lado y con ella, trozos de muertos también se han colado. Las tres murallas han caído y esto ocurrió en un abrir y cerrar de ojos. Así también cayó del mundo entero y nadie lo pudo evitar.

Los muertos se agolpan sobre el tanque, deben ser unos diez al menos, y aún hechos trizas por el fuerte impacto luchan desesperados por alcanzar el interior. ¡Sí! Hay alguien vivo dentro o de lo contario no intentarían ingresar. Quienes sean que estén dentro y aunque hayan debilitado mi fortaleza dejándome expuesto, debo salvarlos.

Desciendo por el ascensor y quisiera que fuese mucho más rápido que de costumbre, pero sólo tiene una velocidad. Es curioso cómo todo se percibe exasperantemente lento cuando te encuentras en un apuro mortal. A veces parecería que incluso el tiempo se deleita en el padecer humano. Cada segundo es vital para lograr la sobrevivencia de una persona en nuestras circunstancias y yo hasta ahora, acabo de superar el piso 23°. En estos momentos que el ascensor acaba de indicar el piso número 10°, caigo en la cuenta de lo estúpido que he sido: a causa del afán tomé de mi arsenal lo primero que encontré, por lo que me hallo armado tan sólo con una espada y una pistola Walther, de la que ignoro cuántas balas tendrá. También olvidé revisarla; pero ya no hay tiempo.

Tan pronto como se abren las puertas del elevador, salgo corriendo a la máxima velocidad que mis piernas pueden ofrecer, con dirección al carro-tanque. Mientras corro, reconozco que si la carga del vehículo es combustible, no tardará en volar en mil pedazos, acabando con quienes posiblemente sean las últimas personas vivas en el mundo aparte de mí y además, comprometiendo mi ubicación. Debo proceder con extrema precisión y rapidez. No hay tiempo que perder.

Una vez cruzado el laberinto y el puente colgante, me encuentro frente al extremo sobresaliente del camión. De inmediato tres muertos se abalanzan sobre mí, a quienes despacho con la espada para no hacer ruido y, de paso, economizar las balas que no he contado. Con los movimientos ondulantes de mi espada, aprovecho para decapitar a otros dos zombis que estaban asomándose por debajo del chasis.

Pan comido. A pesar de tener frente a mí toda la trompa del vehículo, no tengo acceso a la cabina del mismo ni al vidrio panorámico y pasar al otro lado por debajo me dejaría muy vulnerable. No tengo otra opción, para constatar que los tripulantes del camión estén bien debo dirigirme hasta el portón de la muralla número tres y abrirme camino hasta la puerta del conductor. Seguro perderé medio minuto más; pero no se me ocurre otro modo. Corro, a toda velocidad, con todas mis fuerzas, con mi último aliento, como si el futuro de la humanidad dependiera de ello y no sé por qué, pero me he hecho la idea en mi cabeza que así es.

He llegado por fin a la cabina del carro-tanque. No he podido fijarme en su interior, no he tenido tiempo, pues tan pronto como me acerqué, una decena de muertos se lanzó contra mí. Ahora cuento una mayor cantidad a la que vi desde mi ventana. ¿Cómo llegaron tan rápido? Seguro la desesperación ante el hambre los impulsa a moverse con más celeridad. Pese a su aparentemente incrementada velocidad, su carne y huesos sí se han vuelto más débiles con el tiempo. Mi espada taja a los muertos como fruta madura y sin necesidad de recurrir a mi pistola; la adrenalina me ayuda a encargarme de todos fácilmente. El truco para salir victorioso ante una horda de muertos está en lograr que te ataquen de uno en uno; sus movimientos torpes y autómatas, no constituyen una amenaza individualmente. He sobrevivido a un ataque más y me siento afortunado por ello. Ya no hay enemigos a la vista.

Me acerco al camión muy lentamente, clamando al cielo que quienes estén dentro se encuentren vivos y también sin mordeduras. Trepo como puedo colgándome de la metálica puerta para echar un vistazo a través de la ventana y al asomarme, me invade nuevamente la sorpresa. Sólo hay una persona en la cabina, está inconsciente pero parece ilesa y lo más asombroso, es que se trata de una pequeña, delgada y delicada mujer. Al mirarla con más detenimiento, me embarga otra sorpresa mucho más grande: ¡Yo la conozco! Identifico sus delicadas facciones a pesar de encontrarse ensombrecidas por una gorra oscura, sucia y deshilachada. La chica solía ser una reconocida *influencer* en redes sociales y de la cual yo era un asiduo admirador antes de que todo esto comenzara ¿Cómo logró sobrevivir por tanto tiempo?

Su nombre es Cristina Díaz, yo la seguía por redes sociales ya que era una especie de celebridad del mundo *fitness*, tema que me interesaba por mi afición a correr. Sus páginas, perfiles y foros estaban llenos de consejos y rutinas para mantener un cuerpo perfecto y ¡vaya! que ella sí lo tenía. Aún con sus 155 centímetros de altura, ella ostentaba el abdomen más definido y plano que yo jamás haya visto, además del cabello más negro, largo y brillante que existió en el planeta. Perdón si sueno exagerado y redundante pero acabo de recordar que ella despertaba en mí cierta clase de fascinación. Podría decir que mi razón para seguirla radicaba en el contenido de sus páginas y mi creciente interés por el mundo del ejercicio y la salud; pero sería un mentiroso. Mi mayor aliciente para seguirla, eran las fotos que subía de su perfecto cuerpo y su angelical rostro de piel canela y fisonomía latina. Aunque sé muy bien que, al igual que el mío, éste es su país de origen, la última vez que supe de ella se encontraba a más de cinco mil kilómetros de aquí. ¿Cómo logró sobrevivir por tanto tiempo y cómo pudo recorrer semejante distancia en un mundo en el que ya no existen los aeropuertos?

Intento abrir la puerta pero está atorada, la única opción que me queda para intentar salvar a Cristina es romper el vidrio del piloto con la *kashira* metálica de mi espada, cerciorándome primero que la zona esté despejada, pues no quiero que un grupo de muertos vivientes me sorprenda por la espalda. La zona sigue desierta, así que me dispongo a romper el vidrio procurando no lastimar a Cristina con los cristales. Tal como lo intuí, ella está inconsciente pero sin muestras evidentes de daño en su aún tersa piel. La tomo delicadamente entre mis brazos tratando de proteger su cuello en caso de alguna lesión imperceptible, y agradezco en silencio por su pequeño tamaño y delgadez extrema. Mientras la extraigo del camión, su camisa se levanta un poco, exhibiendo por accidente aquellos abdominales que una vez me hicieron soñar y sí, pese a los años transcurridos y las condiciones adversas de este apocalipsis, se mantienen exactamente como los recuerdo: gloriosos.

Atravieso el puente colgante y el laberinto con el cuerpo de Cristina, aún desmayada, a cuestas. Si bien es cierto que pesa poco, el recorrido me deja exhausto y con los brazos temblorosos. Antes de entrar al edificio, una explosión trastorna el ambiente detrás de nosotros y no hace falta mirar atrás para entender lo que acaba de ocurrir; el carrotanque sí estaba cargado de combustible. El sonido de aquella explosión seguro atraerá a miles de zombis; sin embargo, el fuego los mantendrá a raya por un tiempo. Supongo que tendré que levantar nuevamente las murallas, parte por parte, y llevar a cabo una intensa exterminación a los alrededores del edificio cuando el fuego se extinga. Ya pensaré en ello, por ahora mi prioridad será Cristina. ¿Cuándo despertará?

Cristina recuperó el conocimiento a la noche siguiente. Estaba muy débil y evidentemente no había comido bien en días, por lo que tuve que administrarle un suero intravenoso. Todo el tiempo intenta levantarse y caminar; pero sus fuerzas aún no se lo permiten. Admiro su capacidad de lucha, sus ganas de mantenerse siempre en pie; seguramente, eso fue lo que la ayudó a llegar hasta aquí, hasta este lugar y hasta estas instancias del tiempo. Mientras se recupera totalmente, me siento a la orilla de la cama que le preparé al interior de mi pent-house, y empezamos a hablar. La noche completa hablamos sin descanso. Es cierto eso que dicen, que la gente solitaria habla demasiado cuando se le presenta la ocasión. La comunicación es una cualidad y un impulso inherente al ser humano y cuando ésta se restringe por mucho tiempo, las palabras, que se acumulan en alguna parte del hipocampo junto con las experiencias, se desbordan con la primera abertura de labios frente al receptor auditivo más cercano e inmediato.

Cristina me cuenta que estaba viviendo sola en Estados Unidos cuando todo comenzó. Allí alcanzaron a anunciar que el origen de la crisis fue aquí, por un virus que se diseminó cuando los laboratorios de control biológico, que ya había mencionado, hicieron explosión y, aunque intentaron restringir la entrada de vuelos y personas procedentes de nuestro país en todas partes del mundo, ya era demasiado tarde. El primer infectado que murió en Estados Unidos, se encargó de esparcir el nocivo virus por todo el planeta. Y al igual que nuestro país, Estados Unidos también expiró; no estaban preparados ni pudieron reaccionar con eficiencia frente a la terrible pandemia. Todos sabíamos que el "fin de los tiempos" sería originado por manos humanas; pero eran tantas las manos y tantas las posibilidades de autodestrucción, que resultaba inútil e imposible prepararnos para todas, así que optamos por no prepararnos para ninguna. Cuando el virus se diseminó por el país más "poderoso del mundo", Cristina logró reunirse con algunos primos y amigos quienes formaron, al igual que yo, una *Resistencia*. Ella no era la líder; pero, teniendo en cuenta que las víctimas más vulnerables eran siempre ancianos, niños y mujeres, todos se empeñaban en protegerla. Ella fue la última sobreviviente mujer de su grupo y finalmente se convertiría en la única sobreviviente. Me contó que los últimos cinco hombres de su Resistencia prácticamente sacrificaron sus vidas por salvar la de ella. Los seis últimos sobrevivientes querían volver hasta aquí, pues aquí estaban sus familias; pero en algún momento del camino, tomaron la decisión de que su principal objetivo no era regresar a casa, sino salvar la vida de Cristina y así lo hicieron. Sus amigos presentían que ella era la última mujer del planeta y tal vez tenían razón.

—No queda nadie, no hay nadie —me confiesa con lágrimas en sus ojos.

Ella y su grupo viajaron desde Nueva York hasta México en avioneta, aprovechando que uno de sus compañeros era piloto. Desde México hasta Panamá se movilizaron por tierra cambiando constantemente de vehículos y desde allí, viajaron por barco para evitar el peligroso trecho que suponía la selva en la región del Darién. Ya en Sur América, volvieron a utilizar los vehículos como medio principal de transporte y entonces fue cuando en la radio recibieron mi mensaje de invitación, cuyas coordenadas rastrearon hasta llegar aquí. Siento un vacío en el pecho cuando Cristina me cuenta que durante todo su recorrido, nunca se toparon con algún otro vivo. «Yo tampoco lo he hecho en meses», le confieso. Apenas un par de semanas atrás, ella perdió a sus dos últimos compañeros. Ellos se entregaron a una multitud de zombis para que Cristina contara con suficiente tiempo de escapar.

—No queda nadie, no hay nadie— me repite con desesperanza—. Creo que sólo quedamos tú y yo.

Cristina ha sido de gran ayuda. Desde que se recuperó no hemos parado de trabajar juntos para restaurar las defensas del edificio. Poco a poco, hemos ido limpiando las diferentes plantas y hemos salido completamente ilesos de cada jornada. Bueno, era lo mínimo que ella podía hacer; al fin y al cabo, fue su culpa que los muertos hubiesen logrado entrar hasta el edificio. Con la explosión del carro-tanque, el tercer muro cayó. El sonido de la explosión y el movimiento del fuego en las noches atrajeron a cientos de zombis que se agolparon en las murallas hasta cuando las llamas se extinguieron. El puente funcionó a la perfección; pero la zanja no tardó en llenarse y tras formarse un colchón de muertos que alcanzó varios metros de altura, ya no era necesario el uso del puente para pasar de un lado a otro. Luego, el laberinto también se saturó; las trampas no estaban diseñadas para tantas víctimas y los zombis terminaron por encontrar la salida de aquella intrincada red de pasillos y emboscadas. Nunca un muerto había llegado tan lejos como hasta ahora. Finalmente, los zombis hallaron una abertura que los miembros de la Resistencia no habíamos detectado antes, ubicada en los garajes que creíamos totalmente sellados y por ahí se colaron en el edificio. Mientras yo cuidaba de Cristina, los muertos lograron subir hasta el piso 9° y se apoderaron de él; no obstante, con días de arduo trabajo en cada piso, hoy pudimos despejar hasta la segunda planta. Mañana liberaremos el lobby y los garajes y podremos recuperar toda la edificación. A la fecha, ya hemos incinerado más de cien cuerpos. Fue una tarea sumamente peligrosa, pero era necesario llevarla a cabo. Podríamos haber sobrevivido varios años con las provisiones que tenemos aquí arriba; pero no era una opción viable arriesgarnos a que los muertos terminaran apoderándose de toda la estructura. Además, sobra mencionar que la idea de vivir enclaustrados para siempre sonaba desesperante.

Hoy Cristina preparó unas deliciosas pastas con atún para la cena. Es imposible no admirarse de sus múltiples talentos y de su exorbitante belleza. Ahora que la conozco en realidad, me atrae mucho más que cuando era tan sólo una figura pública inalcanzable. Todas las noches contamos poco a poco la historia de nuestras vidas pasadas, memorias de un tiempo que ya no existe y que aunque era vacío, lucía tan real y plácido que logra, de vez en cuando, despertar algunas sonrisas. Sólo ahora que ya no existe el dinero, los medios de comunicación, los empleos sin sentido ni las falsas apariencias, hemos comprendido quienes somos en realidad, para qué estamos aquí y lo valiosa que es la vida, lo infinitamente costoso que es cada respiro. Lo último que platicamos con Cristina esta noche, fue respecto de su última relación sentimental, terminada hace muchos años. Fue una experiencia tan negativa y oscura, que ella cerró su corazón y lo amuralló para que nadie más pudiese volver a entrar y por eso ha permanecido sola desde entonces. No puedo negar que saber de su pasado amoroso me afectó un poco; quizás estoy comenzando a tomarle más aprecio del que debería y por eso preferí que cambiáramos de tema. Decidimos descansar por hoy, mañana liberaremos de intrusos el lobby y los garajes del edificio. Será un largo día.

Despejar el lobby fue sencillo, al fin y al cabo es un solo espacio de quinientos metros cuadrados. No había muchos muertos deambulando ya por allí. No obstante, ahora que estamos en el garaje subterráneo y que sellamos el acceso al lobby tras nosotros, la situación se ha puesto un poco más complicada. Este procedimiento de sellar cada área purgada lo aplicamos en cada piso para evitar que se pierda la jornada de arduo trabajo. "Purgar y asegurar que nada muerto pueda reingresar" es nuestra principal consigna. Avanzamos en medio de la densa oscuridad. El garaje es un espacio mucho más extenso, más irregular y además, está infestado de muertos. En algún momento, Cristina y yo nos vimos obligados a separarnos y, absorbidos por las sombras, fue casi imposible volvernos a reunir. Siguiendo el sonido de su voz —y de sus gritos y jadeos—, aparecí justo a tiempo para evitar que un zombi la mordiera en su pierna. La criatura ya la había agarrado de los tobillos, haciéndola caer, y en el momento justo en que se disponía a hincar los contaminados dientes en la inmaculada y tonificada piel del muslo, lo detuve con un disparo en la cabeza. Cristina se lanzó a mis brazos, agradecida, y conscientes que no había tiempo para muestras de afecto, continuamos con la labor que cada vez parecía más lejos de terminar. Cristina encontró la abertura por la que se han estado infiltrando todos los muertos al edificio y empleando varias rocas, muebles viejos y todo lo que encontramos alrededor, la logramos sellar, ahora sí, definitivamente.

—Pudimos despejar el interior de todo el edificio —afirma Cristina orgullosa. Sin duda era una guerrera que se había forjado desde antes del gran acontecimiento apocalíptico. Su manera de luchar y moverse me tenía gratamente sorprendido—. Ahora debemos recuperar las murallas que yo destruí.

—Las destruiste siguiendo tu instinto, hiciste lo correcto para salvaguardar tu vida —le digo tratando de liberarla de todas sus culpas internas—. Mañana nos encargaremos del exterior. Ya es nuevamente de noche y debemos descansar.

Mientras cenamos, Cristina me ha hecho reflexionar sobre una cuestión que había pasado por alto todos estos días: Ella y yo, seguramente, somos los únicos seres humanos vivos sobre la faz de la tierra y eso nos hace directamente responsables de la preservación mundial de nuestra especie. No negaré que desde que Cristina irrumpió en mi fortaleza, echando abajo todas las murallas que me protegían, la deseé. Es absurdo dejar a un lado mis instintos masculinos y tratar de ocultar que, si la deseaba con frenesí desde hace muchos años, ahora que llevaba años sin interactuar con una mujer y que tengo a la más bella cerca, se concibió en mí un deseo irrefrenable por poseerla. No obstante, siendo el último hombre sobre el planeta tierra, debía comportarme como todo un caballero. El último caballero del planeta.

Sin darme cuenta, la conversación se torna más embarazosa cuando dejamos de hablar sobre posibilidades y empezamos a debatir hechos concretos.

—Harías un sacrificio gigantesco por el futuro de la humanidad —afirmo intentando reducir la incomodidad y trascendencia del momento.

—La verdad es que no sería un sacrificio tan grande. Yo siempre quise tener hijos; pero no lo hice porque me definí un estilo y propósito de vida en el que dependía de mi cuerpo. Por otro lado, tú no estás tan mal —noto que su última frase es también un intento de su parte por relajar el ambiente; aunque el floreciente rubor en sus mejillas lo vuelve a tensionar.

—Es una decisión demasiado compleja. Seguro mañana, menos cansados, podemos pensarlo mejor.

—Nunca dije que tuviésemos que hacerlo ya mismo —ahora noto cierta molestia en su tono de voz.

—Sí, lo sé. Me refiero a que un bebé nos pondría en una situación de vulnerabilidad extrema, obviamente.

—Tú me contaste que antes que yo, en este edificio no había logrado entrar un zombi en meses y también me dijiste que, haciendo cálculos superficiales con la comida que tenemos, podríamos vivir encerrados por varios años.

—Es cierto, créeme que yo estoy de acuerdo contigo en todo; pero es necesario pensarlo bien.

—Ok. Linda noche.

—No entiendo por qué te molestas.

—Porque una noche me dijiste que siempre consideraste que tu vida estaba hecha para algo grande, que querías trascender en la historia. Y ahora que tienes la oportunidad de ser el salvador de la especie humana, dices que tienes mucho que pensar. Empiezo a creer que no eres más que un falso…

—Yo no…

—Hasta mañana.

Comienza un nuevo día, pero el ambiente aún está cargado de irascibilidad y decepción. Cristina y yo estamos juntos, uno al lado del otro, seleccionando las armas con las que llevaremos a cabo la tarea de despejar el exterior del edificio y el laberinto. No cruzamos palabra alguna. Aun siendo los últimos dos habitantes del planeta, los seres humanos encontraremos razones para contender entre nosotros. Incluso entre las dos últimas personas del planeta seguramente se desataría la última guerra.

Cristina está armada hasta los dientes. Tiene tantas armas encima, que pareciera que su pequeño cuerpo se va a quebrar por el peso cargado; sin embargo, soy consciente de la enorme fuerza física que se oculta tras su delicada piel. Las apariencias engañan.

Ya estamos listos, por fin. Yo no llevo tantas armas como Cristina; la experiencia me ha enseñado que más importante que la cantidad de armas, es la cantidad de municiones que lleves contigo para mantenerlas funcionando. Algo así ocurre con la vida en general: es indiferente el número de habilidades y talentos que se poseen, si no se cuenta con la capacidad de explotarlos y mantenerlos vigentes por el mayor tiempo posible. Una vez en el lobby, abro la puerta de vidrio de par en par y queda al descubierto la reja metálica que, ahora, es la única barrera entre nosotros y el exterior. Se escuchan algunos golpes y rasguños del otro lado y por lo que pudimos notar desde los pisos superiores, se trata de al menos unos quince muertos vivientes. Tan pronto como yo suba la reja metálica, ellos se abalanzarán contra mí. Mi única protección es Cristina. Ella debe cubrir muy bien mi espalda y ruego al cielo que sea consciente de eso. Aún estamos distanciados por la trascendental plática de anoche y es tan grande nuestro orgullo, que incluso estamos poniendo en riesgo nuestras vidas con tal de no hablarnos. Aún no comprendo cuál fue el motivo exacto de nuestra disputa; pero lo que entiendo, básicamente, es que yo la desprecié en su propuesta de salvar al mundo y ella me insultó diciendo que yo era una farsa de hombre. Nada relevante, la verdad; pero supongo que al ser el último hombre en el mundo, me convertí en la única persona disponible a quien puede recurrir la última mujer del mundo para pelear. La violencia es algo inherente en el ser humano y las mujeres, al ser la criatura más evolucionada de nuestra especie, son expertas en violencia verbal, conductual y psicológica. La violencia física ya es sólo un recurso primitivo y obsoleto del subdesarrollado sexo masculino. Ahora es muy tarde para ahondar en razonamientos complejos y tampoco es el momento oportuno para ello; mecánicamente y de un solo movimiento, subo la reja metálica hasta su tope y de un largo salto hacia atrás, salgo del alcance de los muertos que por poco y caen sobre mí. Cristina descarga su ametralladora en la cabeza de varios de ellos, con una puntería casi que perfecta. Mientras caigo al suelo de espaldas, visualizo a Cristina imaginando mi cabeza en la de ellos mientras les disparaba con semejante puntería. Lo importante es que su estrategia mental funcionó y me mantuvo a salvo.

De un momento a otro nos encontramos luchando cuerpo a cuerpo contra cada zombi. No es necesario seguir gastando balas que atraigan a más enemigos; pues Cristina, en un solo impulso, acabó con la mayoría de ellos. Los ocho muertos vivientes que quedan, son eliminados muy rápidamente con el filo de nuestras espadas.

Corremos a toda velocidad en dirección al laberinto. Decido ir adelante y que sea Cristina quien me cubra nuevamente la espalda. A medida que avanzo, se hace obvio el motivo por el cual el laberinto dejó de convertirse en una barrera efectiva; la cantidad de cuerpos descomponiéndose e inmovilizados a causa de las trampas es impresionante. Se hace muy difícil caminar por entre los muros con tantos cadáveres alrededor y mucho más difícil, es blandir la espada para eliminar a los zombis que aún se rehúsan a abandonar definitivamente este mundo. Cristina está cumpliendo muy bien su papel y en un par de ocasiones me ha salvado de atacantes que se acercan con un sigilo casi consciente por mi espalda. La segunda vez que me salvó, le sonreí y ella respondió también con una risita silenciosa. No puedo evitar pensar que desde que Cristina apareció, luchar se volvió más fácil y ahora existe un motivo de peso para hacerlo. Desde que Cristina llegó, volvió a mí la esperanza y surgió una razón superior para vivir. Cuando alcanzamos el otro extremo del laberinto, después de haberlo recorrido en toda su extensión, me doy cuenta de lo fácil que es triunfar con alguien al lado. Si hubiese hecho todo solo, habría tardado en lograr el objetivo en cuatro o cinco veces el tiempo que ya hemos invertido. Agradezco en silencio por tener a Cristina cerca de mí.

Estamos de pie frente al puente colgante y el panorama es desconsolador. Cristina deja escapar un suspiro de angustia mientras observa lo mismo que yo. Bajo el puente, en el interior de la zanja, nuevamente fluye un río; pero ya no es un caudal de cristalinas aguas, sino de muertos. Deben ser cuatrocientos o quinientos los que caminan errantes y en largos círculos por la trinchera artificial.

—¿Aún tienes energía? —Pregunto rompiendo el pacto de silencio.

—Suficiente para hacer esto por varios años más —me sonríe convencida.

Entonces, al ver a unos metros el equipo de incineración —compuesto por una antorcha y un tanque de combustible en forma de maletín— con el que solía limpiar la zanja cuando correspondía, viene a mi mente una idea.

—Creo que podemos terminar con la misión más pronto de lo que pensaba.

—¿En serio? No sé cómo puedes decir eso. Mira cuántos zombis hay. Yo veo una tarea para varios días.

—Convirtamos esto en un río de fuego —le digo señalando el equipo de incineración y ella asiente con complicidad.

Nos deshacemos de los zombis que están por fuera de la zanja y de inmediato pasamos al otro lado del puente para reparar el tercer muro. Mi plan no funcionará a menos que este muro, el tercero contando de afuera hacia adentro, sea funcional. Es imprescindible evitar que nuevos muertos sigan entrando o todos nuestros logros hasta ahora se habrán perdido. "Purgar y asegurar que nada muerto pueda reingresar". Entonces nos repartimos funciones, yo haré toda la labor de mampostería mientras que Cristina, con mucho cuidado, empezará a distribuir el combustible sobre los muertos que se encuentran esparcidos dentro de la zanja. Son tantos que, en muy poco tiempo, Cristina se da cuenta que necesita más líquido inflamable, muchísimo más. Mientras levanto el muro con ladrillos y cemento, después de haber retirado los escombros metálicos del camión, ocasionalmente aparece uno que otro muerto intentando entrar. Mi espada no se lo permite a ninguno.

Ahora que ya logré elevar un metro de altura de muro en su sección afectada, me doy cuenta que será mejor vigilarlo desde el lado exterior, o de lo contrario los muertos lo tumbarán antes que se seque; sin embargo, tengo miedo de descuidar a Cristina. No quiero que nada malo le suceda. Mientras hago esta reflexión, la veo regresando del interior del edificio con dos barriles de gasolina, uno en cada mano, y una sonrisa de esperanza en sus labios, lo cual me inspira a seguir. Cristina es fuerte y hermosa, la vida no habría podido colocarme una mejor compañera. Es como si la evolución misma estuviese interesada en preservar a nuestra especie y me hubiese designado a la compañera más idónea para tan sublime propósito.

—Ese muro no va a arreglarse solo. —Me dice sonriente tras observarme distraído en su belleza.

—Tienes razón —le respondo con una sonrisa de vuelta.

—Los zombis tumbarán tu muro antes que se seque. ¿Te parece si genero distracciones con bombas de humo y ruidos en otras zonas para que ganes tiempo?

—Me parece muy buena idea —Cristina había solucionado ingeniosamente el dilema de dejarla sola o no. Era fuerte, hermosa, perspicaz y recursiva.

Cristina activó bombas de humo e hizo mucho ruido en la zona más alejada de la sección que yo estaba reparando, lo que dio tiempo a que el cemento se secara e incluso, a que yo me diera el lujo de reforzarla con otra línea de ladrillos. Antes que el cansancio físico pudiera alcanzarme, yo ya había levantado el muro hasta el tope y Cristina, por su lado, había cumplido también su parte. Qué fácil y sencillo resultaba todo junto a ella.

Nos reunimos sobre el puente colgante y anticipándonos a la evaporación del combustible, hicimos un segundo riego sobre los cuerpos en descomposición que inundaban la zanja y que por su estado de inconsciencia, eran incapaces de comprender lo que les deparaba el futuro. Cristina fue la encargada de ejecutar el "ritual" de expiación y la llama de su cerillo al caer sobre los cuerpos se multiplicó al instante por todo el rededor del edificio, alcanzando el fulgor de mil soles que convirtieron la noche en día. La luz del fuego, cubriendo toda la zanja como un río de luminiscencia, anunciaba una nueva era de seguridad y paz para nosotros. Habíamos vencido juntos, habíamos logrado lo que yo jamás hubiese logrado solo. Allí sobre el puente, contemplando el brillo y sintiendo el calor que irradiaba nuestra obra, Cristina y yo dejamos nuestras diferencias a un lado y nos fundimos en un largo abrazo. Después del abrazo, como si desde el comienzo de nuestra existencia supiéramos que pasaría, nos besamos con la luna llena como testigo y con el infierno ardiendo bajo nuestros pies.

En el último piso del edificio más alto de la ciudad, Cristina y yo discutimos y decidimos sobre el futuro de la humanidad; pero esta vez, lo hacemos sin usar palabras. Con la larga jornada que tuvimos hoy, he decidido acceder a la propuesta de la última mujer del mundo. No obstante, dadas las circunstancias recientes, no fue necesaria la discusión incómoda de cómo lo haríamos, si sería una inseminación artificial o si se haría a la vieja usanza. No, no fue necesario decidir nada. La excitación por nuestra victoria y el éxtasis que generaba habernos asegurando unos días más de existencia, lograron que hiciéramos el amor como dos amantes que se conocen desde siempre; lo hicimos como si de nuestro éxito entre las sábanas dependiera el futuro del mundo y nuevamente, así era. Yo ya había olvidado lo que era estar con una mujer, no recuerdo hace cuánto tiempo fue la última vez; pero hoy recordé la razón por la que algunos hombres han perdido sus reinos y porqué civilizaciones enteras han sucumbido anhelando ese momento íntimo y trascendental en que se logra amarlas.

Esta mañana desperté desnudo con la mujer más hermosa y maravillosa del mundo a mi lado. Aún si todavía existiesen todas las mujeres, ella seguiría siendo la mejor y también sería la única para mí. No hay duda.

—¿Qué quieres hoy de desayuno? —me pregunta complaciente recostando su mejilla contra mi pecho.

—Unos wafles y chocolate nos vendrían bien ¿No te parece? Hoy deberíamos reparar el segundo muro y limpiar la zona entre él y el tercero.

—¿Por qué no nos tomamos el día de hoy libre y lo dedicamos sólo para nosotros? ¿No quieres descansar?

—Me encantaría, pero los muertos no descansan.

—Ellos no lo necesitan, ya están muertos; pero nosotros sí —empiezo a notar un rezago de enojo en sus palabras.

—Un solo muro no bastará para sobrevivir aquí por siempre, ya te lo dije. Si no hubieras llegado destrozándolo todo, no tendríamos este problema.

Sin darnos cuenta, Cristina y yo estábamos teniendo nuestra primera pelea como pareja. La discusión continuó por varias horas más y al final, yo decidí bajar la guardia y complacerla: Nos quedamos en "casa", a disfrutar de nuestra "agradable" compañía mutua. En realidad son más las horas que invertimos peleándonos, que las que invertimos amándonos; y estoy hablando sólo del primer día. La conclusión a la que llegamos finalmente, es que descansaríamos un día por cada día de fuerte trabajo y así, llegando a acuerdos, nuestros temas de discusión se fueron acabando, poco a poco.

Hoy, tal como lo habíamos acordado, es día de trabajo. Repararemos la segunda muralla y limpiaremos la zona comprendida entre ésta y la tercera. Aún falta mucho por hacer. Aún si lo lográramos hoy, faltaría limpiar el espacio entre la segunda muralla y la primera y, por supuesto, reparar la exterior. Estas labores parecen interminables pero alguien debe hacerlas; llevarlas a cabo fue lo que me mantuvo por tanto tiempo vivo. Mientras nos armamos para la jornada, me doy cuenta que Cristina ha aprendido a seleccionar mejor su arsenal. De ayer a hoy se parece un poco más a mí y quizás, yo me parezco un poco más a ella. Supongo que así es el comportamiento natural de las parejas unidas por un vínculo sentimental, el tiempo nos convierte en una única y nueva entidad que requiere irremisiblemente de dos mitades iguales aunque de sexos diferentes. A eso se referían las personas cuando hablaban de que las parejas, después de cierto tiempo, dejan de ser dos y se convierten en "uno". Al ver a Cristina adoptando mis gestos, mi estilo, mis costumbres y hasta mi forma de hablar, me convenzo que lo nuestro puede funcionar.

Nuestro día de hoy no fue productivo. Había tantos zombis que fue imposible poder acercarnos a la muralla y repararla. Todo el tiempo lo invertimos purgando la zona y a duras penas pudimos sellar la abertura en el muro con unos cuantos alambres de púas. Es como si al estar juntos los dos, nuestro aroma pudiese ser detectado a una mayor distancia por ellos. Estas criaturas carecen de conciencia, pero se han convertido en máquinas cazadoras, en depredadores voraces. Como lo había mencionado antes, formar comunidades nos expone más fácilmente ante los depredadores, pues no sólo nos hacemos más fuertes física, mental y psicológicamente; sino que también, nuestras voces, fragancias y rastros se fortalecen. Supongo que al ser los últimos seres humanos vivos, los condenados muertos han agudizado sus sentidos para poder localizarnos y así destruir a su única amenaza en pie. Todo es cuestión de supervivencia y en ese tema, ellos nos llevan mucha ventaja. Al parecer el virus que contaminó a la humanidad, fue diseñado artificialmente para eso, para eliminar eficientemente todo rastro de humanidad física y moral a su paso. Cristina yace agotada en nuestro lecho y quiere llorar, pero se contiene; quizás le da vergüenza parecer débil frente a mí y le explico que no debe sentirse mal, que todas las batallas han sido mucho más fáciles a su lado; pero que no somos invencibles. Le digo que los enemigos de hoy fueron dignos rivales y que pasado mañana, seremos nosotros los vencedores. No obstante, mis palabras no la consuelan. Al final, ella sólo puede encontrar tranquilidad en el sexo, con el que plácidamente queda dormida. Yo, por fin, también.

❋❋❋

Ya se han cumplido tres meses desde que Cristina llegó y desde hace varias semanas no salimos por comida y ni siquiera para reparar la última muralla. Tras arreglar la segunda, con mucho esfuerzo, nos enclaustramos en el edificio y nos dedicamos a vivir una vida normal de pareja, como si el mundo no se hubiese acabado allí afuera. Tomamos esa decisión desde que ella me confesó que estaba esperando un hijo. Aún no se nota el embarazo en su cuerpo, debe tener apenas un mes; no obstante, siento que debo protegerla y, por supuesto, al nuevo ser que quizás sea la esperanza de este mundo cruel y despiadado.

Desde que me contó que estaba esperando un bebé, el sexo con Cristina disminuyó considerablemente y para compensar aquel déficit de acción, las peleas aumentaron. Todos los días discutimos por la temperatura del edificio, el sabor de la comida, la organización y aseo del pent-house, las misiones diarias, la ropa, las armas y, obviamente, por el ahora inexistente sexo, entre otras muchas cosas. Deben ser las hormonas pero, además de su constante irritación, hace unos días que Cristina luce desarreglada, desaliñada, demacrada y de aquel perfectamente marcado abdomen, ya no existe rastro alguno. Creo que lo mejor que puedo hacer para liberar la tensión existente entre nosotros es refugiarme en mis rutinas, en las actividades que solía hacer antes que Cristina irrumpiera en mi vida. Sí, eso es, me dedicaré a recorrer los exteriores del edificio purgando cualquier infiltración de zombis, me empeñaré en reforzar día tras día las murallas y me preocuparé por mantener todo el refugio seguro. Debo retomar las expediciones que llevaba a cabo por la ciudad en busca de víveres, armas y combustible para así procurarnos, a mi familia y a mí, muchos años más de futuro. Sí, eso haré mientras Cristina concibe a nuestro hijo, la cuidaré a mi manera, manteniéndome lejos de ella.

—Saldré a intentar purgar la zona entre el muro dos y el tres y, de paso, voy a intentar repararlo ¿Vale? —aviso a Cristina, quien permanece acostada con una pijama nada atractiva que cubre por completo su cuerpo desde el cuello hasta la punta de los pies.

—¿Vas a dejarme aquí, sola? No es necesario que lo hagas, con dos muros de por medio ya estamos seguros.

—Te he dicho mil veces que dos muros no bastan. Ya lo comprobamos una vez con la Resistencia.

—Tú y tu "Resistencia", sólo hablas de eso. Eras más feliz entonces ¿Cierto? Eras más feliz con tus amigos, en vez de conmigo.

—No, sólo digo que éramos muchos y aun así tuvimos problemas porque los muertos lograron colarse por debajo de los muros. Fue necesario profundizar las bases de las murallas y perdimos a muchos hombres…

—¡Vas a ir a arriesgarte innecesariamente!

—¿Estás escuchando algo de lo que dije? ¡Sí es necesario!

—Tú lo que quieres es mantenerte lejos de mí.

—No, quiero protegerlos…

—Si quisieras protegernos te quedarías aquí, con nosotros, en el lugar que te corresponde, en vez de estar jugando al héroe guerrero. Te estás volviendo un inconsciente al igual que esos…

—Hasta luego.

No pretendo iniciar otra pelea, así que mejor me retiro mientras me queda algo de dignidad y a ella algo de cordura. Durante mi trayecto en el ascensor, bajando los cincuenta pisos que separan a nuestro pent-house del lobby, me rio en soledad al pensar que por muchos años yo soñé con la mujer que ahora espera un hijo mío y con la que sostengo una guerra más intensa que con los mismos zombis. Ahora que compartimos nuestras vidas y que ya he recorrido hasta el rincón más oculto de su cuerpo, soy consciente del alto precio a pagar por la excelsa compañía de una mujer y más cuando es de esas compañías que vienen dentro de un empaque tan hermoso. No existe paraíso perfecto y fue mi culpa asumir la perfección de una mujer basado solo en su perfecta apariencia.

Sobre mi espalda y extremidades sostengo un armamento suficiente para acribillar a mil personas. No sé por qué traje tantas armas, supongo que es por el miedo de enfrentarme nuevamente a la vida, solo. Creo que tanta inactividad me ha hecho débil y no quiero que esos seres me tomen por sorpresa. Hasta el día de hoy nunca me había costado tanto trabajo vivir y, sin embargo, no estoy dispuesto a morir aún.

El lobby se encuentra intacto, bastante frío como es usual en esta época; pero parece que ni el polvo ha querido asomarse por el recinto. Abro la puerta de cristal y luego la metálica para encontrarme con el paisaje exterior. Llevaba mucho tiempo sin contemplar los jardines del edificio personalmente, sin respirar su olor a hierba envejecida y seca, en vez desde mirarlos desde la ventana. Cuando llego al laberinto, me doy cuenta que luce tal cual lo dejamos la última vez, nada ni nadie lo ha cruzado desde que Cristina y yo le hicimos limpieza. Es extraño. Cuando yo estaba solo, de vez en cuando uno que otro muerto se colaba por alguna parte; supongo que el haber descubierto aquella infiltración por los garajes sirvió para que no hubiese más zombis merodeando por donde no deben.

Cruzo el puente y examino con detalle sus uniones y acoples; las llamas de hace unos meses, con las que limpiamos toda la zanja, alcanzaron a deteriorar un poco la estructura. La repararé luego. Abro la puerta de la muralla interna, la cierro tras de mí y hago un recorrido por su completa extensión. Todo está vacío. Repito el mismo procedimiento con la muralla intermedia presagiando un panorama menos esperanzador; pues la muralla externa continúa caída y seguramente cientos de zombis se han colado a través de ella. Me cercioro, cuidadosamente, que no haya ningún muerto en el anillo que forman la muralla externa y la intermedia. ¡Qué extraño! Sólo me encuentro un par de zombis agonizando al borde de la descomposición y los remato fácilmente con el filo de mi espada ¿Dónde están todos? Al asomarme por el enorme orificio que hizo Cristina con su camión, noto con sorpresa que tampoco hay muertos alrededor. ¿Acaso desaparecieron? ¿Ya no se sienten atraídos por nuestras carnes aún vivas? ¿Acaso se han rendido? No, no tiene sentido. Yo vi a los muertos devorar mujeres embarazadas y a niños, los vi arrasar con pueblos enteros sin compasión alguna. ¿Qué está sucediendo?

No importa qué esté ocurriendo aquí afuera, tengo claro que cada segundo de libertad y de paz es esencial. Aprovecho la presente calma para tomar la carretilla y varias bolsas de cemento, con el fin de empezar a levantar la sección caída de la muralla externa y la puerta principal. Pongo ladrillo sobre ladrillo e instalo la nueva y gigantesca puerta como si tuviese todo el tiempo del mundo, pues ningún ruido se percibe por fuera de la última muralla. Ni un suspiro. El tiempo transcurre rápidamente y antes de que anochezca, ya he terminado mi tarea. Aunque no puedo negar que con la ayuda de Cristina todo hubiese sido más rápido y fácil, en esta ocasión incluso tengo tiempo para reforzar mi creación con una capa extra de cemento, otra línea de ladrillos y un revestimiento final de concreto. Hago todo lo que se viene a mi cabeza para que la sección quede tan fuerte como el resto de la muralla. Necesito que la muralla sea impenetrable. Necesito que sea capaz de proteger esta fortaleza, a Cristina y a mi hijo en camino quienes serán, junto conmigo, el futuro de la humanidad.

Antes de volver a casa para darle la buena noticia a Cristina y contarle que las tres murallas ya están reparadas, decido hacer un recorrido por el exterior de la estructura. Quiero asegurarme que todos los puntos estén cubiertos. Una cadena es como su eslabón más débil y así funcionan las murallas; de nada sirven kilómetros de ladrillo y concreto si existe un metro desprotegido o frágil

Camino muy cerca al muro usándolo como protección. Camino con precaución, observando todos los detalles alrededor. Debo tener cuidado de que los muertos, si llegasen a aparecer, no me cierren el camino de regreso a la puerta principal; no obstante, sigo sin percibir rastros de su presencia ¿Cómo pueden desaparecer cientos de zombis de un momento a otro? Hace unos días estaban agolpándose todos contra la muralla externa y ahora... ¿Acaso la pesadilla terminó?

Varios ruidos llaman mi atención a unos cuantos metros más adelante de mí. Son pasos, una respiración, un gruñido, sí es un muerto; sin embargo, mi olor no lo atrae, al contrario, se aleja de mí. ¿Qué hace? Decido seguirlo muy silenciosamente; pareciera que aquel ser sin conciencia tuviese un objetivo claro, una meta precisa y, sin duda, camina hacia su encuentro. El muerto, que alguna vez fue un hombre, camina bordeando la muralla exterior a paso veloz. Si los muertos tuviesen sentimientos diría que éste, en particular, está impaciente. Yo lo sigo, intento hacer el menor ruido posible y aunque no me ha detectado, entre más avanzo más temo lo peor. Estamos llegando al costado de la muralla, en el que solía estar la entrada vehicular al garaje subterráneo y justo cuando el podrido cuerpo gira la esquina, el panorama aterrador me petrifica. Muertos, miles de ellos, intentan abrirse paso por una pequeña fisura que hay en el muro que se levantó frente a los garajes. Las rocas, la chatarra, los mismos vehículos, no fueron suficientes para alejarlos del acceso a los pisos subterráneos. La fisura es pequeña; pero los zombis, que no entienden de proporciones, se abren paso por ellas sin importar si tienen que rasgar su piel o quebrar sus propios huesos en el intento. Nuevamente colapsó la improvisada estructura y el humo y el ruido que causó el derrumbe atrajo a todos los muertos a este punto. Los quejidos y el movimiento de los muertos hasta aquí fue atrayendo cada vez a más y más de sus iguales. Ahora son tantos que ni siquiera puedo calcular un número aproximado de ellos y me preocupa cuántos ya pudieron entrar al edificio. Ni siquiera con todo el armamento que traigo encima podría controlar a semejante manada. «No puede ser, Cristina corre peligro» pienso en medio de mi desesperación mientras corro de regreso hacia la puerta principal de la primera muralla.

Corro a toda velocidad. Dejo atrás la primera muralla, la segunda, la tercera, el puente colgante, el laberinto y llego hasta la puerta de cristal que me separa del lobby. A través del grueso vidrio soy testigo de cómo un par de muertos suben las escaleras guiados por el aroma de Cristina y mi bebé que se resguardan en el último piso. Y ahora que me dispongo a entrar al edificio para salvar heroicamente a Cristina una vez más, me doy cuenta de una inexorable verdad: No puedo hacerlo, no lo voy a lograr. No me refiero a salvar a Cristina; pues seguramente con el nivel de adrenalina en mi sangre y la exagerada cantidad de armas y municiones que traigo sobre mí, podré controlar a todos los muertos en el garaje y a los que hayan podido subir a los niveles siguientes. No. Me refiero a que no seré capaz de salvar el mundo, no seré capaz de proteger para siempre a las últimas esperanzas de la humanidad —nuestros hijos y nuestros nietos— ya que ésta es una responsabilidad que supera todas mis fuerzas y capacidades. Podría arriesgar mi vida para salvar a Cristina y a mi hijo, pero ¿valdrá la pena?

Cristina tenía razón, yo no soy más que un farsante. Siempre dije anhelar cambiar el rumbo de la humanidad y del mundo porque nunca pensé que en realidad, algún día, tuviese que hacerlo. Nunca pensé en las consecuencias de mis deseos y en la gran responsabilidad que ellos implican. Me dediqué a soñar y soñar, porque nunca imaginé que tarde o temprano tendría que despertar.

Una fuerza sobrenatural me posee, no sé quién o qué controla mi cuerpo; pues mis piernas y brazos comienzan a moverse por sí solos. No puedo asegurar si lo que me invade es el miedo, el egoísmo o la ambición o ¿Acaso me he contaminado con el virus y ya estoy muerto? No lo sé. Lo único cierto es que me encuentro frente a la entrada principal del edificio y, consciente de los muertos tras el cristal que suben por las escaleras en busca de Cristina y de mi hijo, en vez de entrar a enfrentarlos para defender a mi familia, cierro también la puerta metálica. ¿Qué estoy haciendo? Ahora doy la espalda y me alejo de la estructura de cincuenta pisos. Al pasar por el laberinto desarmo cada trampa que encuentro a mi paso, quito los avisos que indican la salida y una vez que cruzo el puente colgante, rompo las uniones del mismo con mi espada hasta que éste colapsa generando un remolino de polvo a mis espaldas. El puente ha colapsado y nadie jamás lo podrá volver a usar. Atravieso la puerta de la muralla interna y la cierro. Alcanzo la puerta de la muralla intermedia y también la cierro. Finalmente, salgo de la fortaleza por la puerta de la última muralla y, pretendiendo encerrar a todos los muertos dentro del edificio, también la cierro tras de mí.

He decidido retomar mi antigua vida, aquella que tenía antes de Cristina, una vida sin responsabilidades, sin preocupaciones ajenas a mí mismo, sin tantos riesgos y sin ataduras. Una vida sin inseguridades, caprichos y reproches que no merezco. Además, cambiar el destino del planeta es una misión que supera mis capacidades y mi perseverancia. Sí, seguramente estoy siendo más inconsciente que los zombis que tanto he despreciado y de los que tanto he huido. Seguramente la humanidad ya estaba muerta cuando el amor se enfrío, cuando empezamos a huir de los compromisos. Seguramente ya estábamos condenados cuando dejamos de preocuparnos por otros y sólo nos ocupamos de nosotros mismos. Sí, aunque soy un hombre consciente, el último hombre consciente del planeta, soy también un muerto; soy un moribundo viviendo la vida de pobreza, soledad y sufrimiento que merezco.

Antes de buscar nuevas ropas, alimentos y otra fortaleza dónde refugiarme, decido pasar por el río. Me siento en el gran tronco de árbol a la orilla de las caudalosas aguas y medito frente al boscoso paisaje. Es mi único momento de sosiego y soledad y espero toparme pronto, nuevamente, con alguna persona viva. Quizás esa persona esté dispuesta a salvar el mundo y a salvarme a mí. Quizás aún haya esperanza. Quizás aún exista un futuro para mí y para la humanidad.

Agradecimiento especial a Yaneth Cristina Díaz @crisdiaz_1
Una mujer excelsa en las tres dimensiones del ser humano y cuyo carácter y entereza sirvieron de inspiración para crear al anterior personaje homónimo. De todas las contradicciones naturales posibles, su dualidad entre fortaleza y hermosura es la más fascinante.

EL CABALLERO OCULTO

JORGE ANDRÉS LOZANO RIVAS
2004

EL CABALLERO OCULTO

LONDRES, Mayo 4 de 1914.

"Ser o no ser, esa es la cuestión"...
William Shakespeare

"La envidia es la declaración más grande de inferioridad"...
Napoleón

"Todo cambia constantemente, todo fluye (panta rhei), todo es devenir"...
Heráclito

"El amigo es como la sangre, que acude luego a la herida sin esperar a que le llamen"...
Quevedo

"La verdadera inteligencia consiste en descubrir la inteligencia ajena"...
René Descartes

"Quisiera poder entenderlos"...
Yo

Son las tres de la mañana. La imposibilidad de conciliar el sueño me ha llevado a leer, sin falta, un libro durante cada una de las últimas noches; sin duda, los de frases y aforismos son mis favoritos, aun cuando muchos de los enunciados sobrepasen mi capacidad intelectual. Ya me presiento ceder ante el sueño entre la sábana blanca de mi cama, mientras que las manos tibias de la noche acarician mis pies.

«Oh, hermosa vigilia, que das cabida a los más profundos sueños y éstos, a su vez, encienden aquellos recuerdos olvidados; las sombras del crepúsculo inquietan mi... ¡maldita sea!» Justo cuando mi cerebro estaba a punto de encontrar el descanso, suena el escandaloso aparato telefónico y, de un brinco, quedo sentado en la cama.

Sólo una persona podría llamarme a estas horas de la madrugada. Levanto la bocina y escucho una voz muy gruesa, aunque familiar.

—¡Eduard, prepárese! debemos trabajar.

—Ya imaginaba que se trataría de usted, Señor.

—Lo espero en mi casa a las cuatro y treinta de la maña ¿de acuerdo?

—¿Cuatro y media? Eso es en menos de una hora —al no oír explicación alguna, dejo escapar un suspiro de indignación—. Bueno, allí est...

Colgó. Suele cortarme así, abruptamente, sin despedirse. No sé si es por mi personalidad retraída o por su carácter arrogante, producto de su notable inteligencia y su gran cultura, que suele tratarme con cierta jactancia despectiva. Sin embargo, no me siento ofendido. Sir Andreau, mi mentor, es una persona muy calculadora y ocupada como para estar perdiendo su tiempo en conversaciones triviales. Eso también lo entiendo, él me lo aclara con insistencia.

Con el poco plazo de tiempo que me concedió Sir Andreau, ni siquiera considero el tomar una ducha. Mientras me salpico un poco de agua en el rostro, veo mi reflejo en el espejo sobre el lavamanos para recordar, una vez más, lo viejo que estoy. Nuevas arrugas han aparecido alrededor de mis ojos y frente, aceleradas por el insomnio de los últimos días. Mientras el agua escurre por mi descuidada y canosa barba, me detengo a contemplar la verde cortina de la ducha reflejada tras de mí en el espejo. Por alguna razón, siempre me transporta al mismo episodio mañana tras mañana: al día en que conocí al Señor Andreau, diez años atrás...

LONDRES, Julio 20 de 1904.

En ese entonces yo tenía treinta y cinco años y comenzaba un nuevo trabajo en la morgue de Londres, con mi recién obtenido título de medicina forense. Siempre creí que gracias a mi profesión y por el hecho de trabajar en investigaciones criminalísticas, yo poseía una mente aventajada, pues además de intuición se requiere de perspicacia y un don especial para correlacionarlo todo. No obstante, después de conocer a Sir Andreau, y tal como le pasa a todo aquél que le conoce, me sentí como un ser humano frívolo, tonto e insignificante. En ese entonces, mi primera asignación fue realizar una autopsia de respaldo, o de confirmación, para un caso al cual ya se le consideraba prácticamente cerrado; pero que debía replantearse, pues una semana después de acontecido, se había perpetrado un nuevo crimen que parecía relacionarse con él. Lo curioso de este caso, es que nada era lo que parecía, ni mucho menos lo que la justicia aseveraba inicialmente; pero no quiero adelantarme y arruinar el final de mis remembranzas. Como decía, era imperante hacer un trabajo impecable, analizar nuevamente el cuerpo de la víctima, una bella mujer aparentemente asesinada, y obtener todas las pistas y nuevos hallazgos posibles que se diferenciaran de la primera autopsia. Yo, personalmente, debía llevar a cabo este segundo examen y si encontraba discrepancias o evidencia adicional, me ubicaría automáticamente en un puesto privilegiado y de mayor confiabilidad sobre mis colegas. No obstante, a pesar de mis conocimientos y experiencia médica, tras analizar una y otra vez el cuerpo yo no podía ver más allá de un simple asesinato motivado por la ira de un esposo celoso, tal como ya se había dictaminado en la primera versión policial de los hechos. Si el juicio resultaba desfavorable para el sospechoso, tendría una condena de, mínimo, treinta años de cárcel.

En el reporte compilado de la policía, el cual me vi forzado a leer en repetidas ocasiones, relataba en resumidas palabras lo siguiente: "El cuerpo de la víctima se encontró en el baño de su residencia. Carol Stuart se halló tendida en el suelo frente al mueble del lavamanos. La víctima es una mujer blanca, 5 pies y 11 pulgadas de altura, cabello negro y ojos verdes. Según el médico que acudió a la escena, ella murió en horas de la noche aparentemente a causa de la pérdida de sangre originada por múltiples puñaladas en abdomen, pecho y brazos. En las manos de la occisa y en sus dedos, se encontraron rastros de tinta negra que ella usó para escribir en su vientre las iniciales que posteriormente se asociaron con las de su marido". El esposo, quien fue hallado accidentado en su coche a escasos cinco bloques del lugar de los hechos, fue declarado sospechoso principal de todos los cargos al encontrársele rastros de sangre ajena en su ropa y un cuchillo de cocina ensangrentado en su vehículo, con sus huellas en él. Pruebas forenses determinaron que con este utensilio se cometió el crimen. El marido fue arrestado en un avanzado estado de ebriedad y posible consumo de sustancias alucinógenas, mientras afirmaba no recordar lo que había hecho horas atrás.

Lo recuerdo muy bien porque la primera vez que leí el informe del caso todo me resultó muy obvio, también lo fue para la policía y para la fiscalía; pero fue Sir Andreau quien solicitó, de inmediato, una segunda opinión. Al parecer Andreau creía que el nuevo asesinato, esta vez de un hombre, fue cometido por un socio, un familiar o alguien que compartía el mismo *modus operandi* del primer atacante. No obstante, yo no encontraba relación alguna y no podía explicar cómo alguien había llegado a semejante conclusión.

Aquel día en que conocí a Sir Andreau, me encontraba en la morgue donde había ingresado el cuerpo de la bella Carol, preparándome para su disección, rodeado por una cortina de color verde similar al de mi ducha «Sí, por eso cada mañana me remonto al mismo momento». Me disponía a llevar a cabo una nueva y más detenida autopsia que la practicada previamente, sabiendo de antemano que alguien estaba interesado en desacreditarla y que mi profesionalismo también estaba en juego si no llegaba a una conclusión definitiva. Tras llevar una semana en el depósito, el cuerpo ya presentaba señales de descomposición a pesar de los intentos de mis colegas por preservarlo. La muerte y la degradación son inevitables dentro de nuestra naturaleza y aun así los humanos invertimos todos nuestros esfuerzos por postergarlas. En el caso de los seres humanos, nuestra alma se corrompe en cada paso mientras la muerte nos persigue, son muy pocos los casos en que la muerte nos alcanza primero. Tomé mis guantes quirúrgicos, me los coloqué y me dispuse a explorar una de las heridas hechas por el cuchillo agresor, cuando de repente ingresaron dos hombres al salón donde yo me encontraba; uno era mi colega, el también médico forense Louis quien estaba a cargo de mi sección, y el otro era un hombre desconocido para mí en ese momento; quien era de tez morena, casi 6 pies de alto, de unos escasos 30 años, muy bien afeitado, con cabello arreglado, brillante y oscuro y con una mirada seria y desconcertantemente profunda. Sí, ese era el hombre al que ahora llamo Sir Andreau. Los dos hablaron por más de un cuarto de hora cerca de la mesa donde yo trabajaba, pero en un tono muy bajo; tan bajo, que no pude escuchar lo que comentaban y, entonces, cortando la tranquilidad del recinto con una voz fuerte y gruesa, el hombre misterioso dijo:

—...Y bueno Dr. Louis ¿Dónde está la victima?

—Sígame, se la enseñaré—. Contestó mi colega y jefe.

Sorpresivamente se dirigieron hacia mí, en dirección a mi mesa de autopsias, fijando toda su atención al cadáver de la mujer. Andreau la examinó de extremo a extremo y lo único que hacía mientras recorría cada sección del cuerpo con su penetrante mirada, era afirmar con un leve movimiento de cabeza. Yo sólo observaba, incómodo por la abrupta forma en que ambos personajes invadieron mi lugar de trabajo. Súbitamente aquel hombre, entonces desconocido, levantó su mirada y la clavó en la mía, para sonreírme de inmediato diciendo: —¿Primeros días de trabajo forense, Doctor? Veo que también son sus primeros días aquí, en la morgue.

Frío, un frío punzante recorrió mi cuerpo. En mi mente giraban millones de preguntas ¿Cómo supo que soy recién graduado? ¿Cómo supo que son mis primeros días en la morgue? ¿Lo conozco? ¿Acaso apliqué mal algún procedimiento? Duré varios segundos intentando responder estos cuestionamientos en silencio, para finalmente emitir de mi boca tres únicas palabras:

—¿Cómo lo supo?

—¿No se lo imagina? —desafió Andreau.

—No.

—Por el bordado en su bata. El bordado tiene su número de registro médico que, por la cantidad de dígitos, se hace innegable que es de este año y, por otro lado, no solo está inmaculada y nunca ha sido lavada, sino que además tiene el nuevo diseño institucional el cual posee un ruedo más largo. Hasta donde tengo entendido, esta nueva dotación empezó a entregarse desde la semana pasada. Jejeje... —una gélida y desconcertante risa salió de sus labios— ...el Dr. Louis tiene una bata con el antiguo diseño, por ejemplo, la cual difiere de la suya y está mucho más amarilla de tanto trabajar aquí. Ese contraste de tonalidades llamó mucho mi atención desde que ingresé a la sala; pero supongo que no todo el mundo es tan observador. La pista más concluyente y por la que sé que es nuevo aquí, es que hace un par de días vine a visitar a mi amigo Louis y fui testigo de cómo su anterior asistente le arrojaba la carta de renuncia en el rostro.

Entonces surgieron carcajadas por parte del Doctor Louis y algunos de sus asistentes, quienes pasaban ocasionalmente por la sección. Mis mejillas se colorearon de un rojo cálido e intenso y sólo se me ocurrió replicar:

—Bueno y ¿a qué se debe su pregunta?

—Jejeje. Tiene razón, he sido un poco curioso y a la vez banal al preguntarle por su tiempo aquí. Pero la verdad es que solamente quería asegurarme de que otra persona no se me hubiera adelantado.

—¿Adelantado? ¿en qué?

—¿Está usted de acuerdo con lo que dice el informe policíaco y con el informe de la primera autopsia?

—Por ahora sí, aunque si me dejaran trabajar sin interrupciones, podría... —contesté a la defensiva; pero fui interrumpido nuevamente, esta vez en mi discurso.

—Perfecto, entonces nadie se me ha adelantado en obtener un nuevo dictamen. Si alguno de los dos quiere saber lo que pienso respecto al caso, mañana estaré aquí a la misma hora —dijo revisando superficialmente su reloj de bolsillo para luego desafiarnos con su insolente mirada a Louis y a mí—. Pueden trabajar en el cuerpo juiciosamente durante lo que queda de la tarde y si quieren, parte de la noche. Así tal vez mañana puedan entender mejor lo que tengo que compartirles.

Una vez que Andreau abandonó la sala, aproveché para descargar en Louis toda mi frustración y lo profundamente ofendido que me sentía por aquel sujeto.

—¿Ese quién se cree?

—¿Ese? —preguntó de vuelta señalando hacia la puerta ya cerrada—. Lo sé, es insoportable. Pero "ese", para mí, es el hombre más brillante que ha existido en este planeta. Es el primer y único caso en el que yo justificaría semejante nivel tan exasperante de arrogancia —Louis sonrió como si su mente fuera invadida de repente por gratos recuerdos—. Lo conozco desde el colegio, era tan inteligente que lo promovieron cinco veces de grado y, a pesar de haberse ganado una beca universitaria, nunca se decidió por cuál carrera estudiar. Es una lástima que él sea, a final de cuentas, un hombre sin título universitario.

—¿Qué? —el agudo tono que emití con mi pregunta reveló mi asombro.

—Sí, creo que al no poder elegir una en particular, decidió aprender por su cuenta y apoyándose en varios excompañeros de colegio un poco de cada una de las carreras que soñó; aunque eso posiblemente sea uno de tantos mitos que han creado en torno a él; yo de mi parte sólo doy fe de sus vastos conocimientos en medicina y química.

—¿Mitos? ¡No lo creo! ¿Me está queriendo decir que él es una especie de leyenda?

—En criminalística sí. Verás... —Louis se aclaró la garganta—...mientras aprendía algo de medicina, conmigo, Sir Andreau descubrió pistas en un cadáver que habían sido imperceptibles para quienes lo analizaron inicialmente. Luego de exponer sus evidencias ante la policía, él se involucró directamente en el caso y así lograron dar con el asesino en tiempo récord. A pesar de no haber hecho el curso de policía o de criminalística, lo contrataron como una especie de inspector honorífico o mejor dicho, como un detective por contrato. Cuando un caso se ponía difícil o parecía imposible, llamaban a Andreau y él lo resolvía casi que de inmediato, sin gran esfuerzo.

—¿No está exagerando? Además ¿qué es eso de "Sir" Andreau?

—Él no tardó mucho trabajando con la policía. La primera vez lo despidieron y la segunda renunció. El bastardo era muy testarudo, impuntual y orgulloso; eso de seguir órdenes nunca se le dio bien, así que se independizó y empezó a trabajar paralelamente por su cuenta. En una de sus asignaciones hizo un trabajo investigativo para una Condesa o algo así y ¿qué crees?

—Lo resolvió y la Condesa lo nombró Sir.

—¡Exacto! Fue un título honorífico, pero todos los del gremio hicimos de él un chiste interno y Andreau quedó bautizado así —Louis se mostraba emocionado mientras continuaba hablando de su amigo, como si hablara orgullosamente del hijo que nunca tuvo y que hubiese querido tener—. La Condesa había celebrado una suntuosa fiesta en su mansión y a la mañana siguiente una valiosísima joya, un collar de alexandrite, había desaparecido de su caja fuerte. Muy temprano, citaron a todos los invitados, más o menos doscientos cincuenta, y a Sir Andreau para que desenmascarara al culpable. La Condesa, consiente de las habilidades del detective, le sugirió que los entrevistase uno por uno y así, con certeza, al encontrarse frente a frente con él, descubriría en ese mismo instante quién era el ladrón. Pero Andreau no tenía tiempo de reunirse con tantas personas, serían días y días de interrogatorios...

«Yo escuchaba la historia de Louis con gran expectativa».

—...En vez de reunir persona por persona, los citó a todos al gran salón de baile donde la noche anterior habían departido. Los formó en filas e hileras y mientras se fumaba un habano empezó a caminar entre ellos y a examinarlos.

—¿Examinarlos? —interrumpí.

—Sí, se detenía frente a cada uno y después de mirarlos de pies a cabeza, les pedía que le mostraran las manos. Él les inspeccionaba las palmas y también la parte superior de las manos. Nadie entendía el fin de aquél inusual procedimiento y algunos se sentían incómodos con la mirada, siempre acusadora, de Andreau. Pero antes que se extinguiera por completo el segundo habano; Andreau ya había pasado frente a todos y cada uno de los presentes.

—Y ¿supo de inmediato quién fue?

—No, de su primera inspección separó a casi veinte personas del gran listado de asistentes. Al resto los dejaron volver tranquilos a sus casas para recuperarse de la resaca. Perdóneme si no hablo con exactitud de los números y cifras; pero puedo asegurar que mis proporciones no se alejan mucho de lo que me contaron y de lo que logro recordar de aquella historia.

—No hay problema, continúe usted, por favor.

—Ejemm, sí —aclaró su garganta de nuevo—. Ya con sólo veinte sospechosos, por fin hizo caso a la condesa y se reunió con ellos, uno por uno, para interrogarlos. En la habitación que designaron para el interrogatorio sólo podía estar el detective y el sospechoso, nadie más. Eran pocas sus preguntas y muy directas, por eso no tardaba más de cinco minutos por persona. Una vez concluida la última entrevista, Sir Andreau convocó a sólo dos de los veinte y les pidió que trajesen, de sus casas, los atuendos lucidos la noche anterior. Para sorpresa de la Condesa, los dos sospechosos finales eran su mejor amigo, socio de varios negocios, junto con una de las criadas.

—Así que Andreau fue descartando un noventa por ciento de los sospechosos en cada prueba, hasta que sólo quedaron dos personas de doscientas cincuenta.

—Correcto.

—Impresionante. Supongo que con las ropas, al comparar sus fibras con las del cuarto donde se hallaba la caja fuerte, dio finalmente con el ladrón.

—No.

—¿No?

—No. Andreau sí quería las ropas como prueba final del hurto; pero en realidad era una trampa para desenmascarar al culpable. A ambos sospechosos los siguieron varios oficiales de policía sigilosamente, pues Andreau estaba seguro que el culpable intentaría emprender la huida. Y así fue.

—Supongo que el culpable era el socio de la condesa—. Volví a interferir con emoción.

—No.

—¿No? —Mis suposiciones nuevamente eran erradas.

—O bueno, sí. Lo cierto es que ambos estaban involucrados en el robo; aunque fue sólo el socio quien intentó escapar. Él había sido el autor intelectual y material del delito; pero fue la sirvienta quien le facilitó el acceso y la clave de seguridad de la caja fuerte. Una vez aprehendido el hombre durante su intento de fuga, no dudó en delatar a su cómplice. Él la había seducido para lograr su objetivo y hasta le había prometido un mundo de riqueza y plenitud a su lado. Él mejor amigo y socio de la Condesa, estaba en bancarrota aunque llevaba mucho tiempo sustrayéndole dinero de los negocios por debajo de la mesa. Esta vez intentó algo más osado, directo y jugoso; pero no le funcionó.

—Siento lástima por la sirvienta, seguro que ella lo amaba. Ella fue utilizada vilmente y accedió más por complacer al hombre aquel, que por la promesa de un futuro mejor. Uno hace lo que sea por amor.

—No culpes al amor. Cometer el hurto fue su libre elección o ¿acaso tú robarías por amor? —me replicó Louis un poco extrañado por mi afirmación.

—Dicen que el amor es una forma de locura y lo dicen precisamente porque algunos locos no disciernen entre el bien y el mal. Un enamorado es un arma letal en las manos incorrectas.

—¡Vaya! —Louis carcajeó— Tienes un modo particular de ver las cosas. No creo que esos argumentos sirvan en un tribunal si algún día te culpan por un "delito de amor" —sus dedos dibujaron unas comillas en el aire mientras hablaba—.

—Tiene razón, mejor no divaguemos en tonterías y fantasías como el amor; prefiero las historias de ciencia, inteligencia y sabiduría. Lo que me interesan son los hechos en sí, lo que se oculta tras las "brillantes" deducciones del tal Andreau. Hasta el momento usted ha rehusado a decirme qué analizó él mientras miraba las manos de los sospechosos y qué preguntas hizo para descartar a 18 personas con tal seguridad —mi tono se iba volviendo más enérgico, pero conservando el respeto que sentía por mi superior—. No me oculte lo más importante de su historia.

—Eso es lo que te he contado, los hechos. Lo que ronda por la mente de Sir Andreau es un mundo que sólo él puede entender y explicar... —Esa vez, su intento por aclararse la garganta resultó en una fuerte y repetitiva tos; pero tras una extensa lucha contra el nudo que le oprimía tras la corbata, pudo continuar—. No te lo negaré, siento algo de frustración porque Sir Andreau nunca ha revelado cómo llega a sus conclusiones ni el trasfondo de sus deducciones en cada caso. Él mismo dice, con algo de paranoia, que si sus enemigos llegasen a entender la forma en que funciona su cerebro usarían esa información en su contra; sería imposible para él resolver los casos y su misión en el mundo terminaría. En términos deportivos, dice él, sería revelarle la estrategia al equipo contrario antes de un partido; lo que a mí me parece un poco exagerado de su parte. En mi opinión: debería compartir el talento que tiene con sus colegas, así quizás habría menos crímenes sin resolver y menos criminales impunes en esta ciudad.

—Sí, ya entendí. Es decir que nadie sabe cómo ha resuelto con exactitud los casos.

—A veces sí; pero porque a medida que se cuentan sus historias, los investigadores infieren algunas cosas. Es decir, sus colegas deducen sus deducciones, si se puede decir así.

—¿Ni siquiera a usted, que lo conoce desde niño, le ha revelado cómo descubrió a los dos rufianes?

—¡Ni siquiera a mí! Son tan certeros sus análisis y sus métodos, que incluso algunos hablan de una fuerza o poder superior que le revela cada detalle al oído. Hay quienes dicen que es el mismísimo diablo quien reposa en su hombro, susurrándole. Y no es para menos, Sir Andreau resuelve cada misterio de una forma sobrenatural.

—¡Vaya! Ya me está hablando de fantasmas, demonios y fuerzas místicas… Entonces el tipo sí que es todo un personaje.

—Sí ¿aún lo dudas? de hecho fue por él que se decidió que no se cerraría este caso. Fue él quien solicitó una segunda autopsia de Carol Stuart.

—Entonces ya veremos lo que nos tiene que decir mañana. Si es cierto todo lo que me contó usted, me muero de curiosidad por saber qué le dice al oído aquella fuerza superior respecto de este cuerpo—.

Mi curiosidad era sincera. Esa noche no dormí examinando el cadáver de aquella mujer con el fin de que no se me escapara detalle alguno; pues no quería que ningún cabo quedara suelto, frente a él.

En la morgue, a primera hora del día siguiente, estábamos Louis y yo esperando a que el detective hiciese su aparición; pero tal como me lo había advertido Louis en sus relatos y que yo confirmaría mucho tiempo después que era su costumbre, Sir Andreau llegó varios minutos tarde.

—Llegas tarde como siempre, Andreau. —Reclamó Louis.

—No es posible llegar tarde a una cita a la que no se le estableció hora exacta de llegada y además, ya sabes que repruebo todo tipo de esclavitud, en especial la que nos pretende imponer la sociedad por medio del tiempo ¿Empezamos?

Sir Andreau no se molestó en saludar más que con un ligero movimiento de cabeza. No hubo un "buenos días", no hubo un estrechón de manos, no hubo nada. De inmediato, Andreau ya tenía sus guantes quirúrgicos y se movía de un lado al otro alrededor de la plancha que sostenía el cuerpo, como corroborando lo que ya sabía. En sus manos sostenía una gran lupa con la que parecía poder revelar los más ocultos detalles.

—Todo es muy evidente ahora—. Dijo Andreau con su ya conocida arrogancia. O así lo percibí yo.

Me acerqué con sigilo y osé decirle que todo respecto al caso siempre ha sido incuestionable y que por eso mismo el caso se consideró resuelto, por lo que Sir Andreau me lanzó una mirada tan punzante y desafiante, con aquellos oscuros ojos, que de sólo recordarla aún logra erizar mi piel hoy en día.

—Quienes hicieron la primera autopsia pasaron muchísimas cosas por alto. Es como si hubiera sido practicada por un colegial.

—Técnicamente tú eres un colegial—. Quiso burlarse Louis, aprovechando el lazo de confianza y camaradería que les unía. Andreau no tomó el comentario con mucha gracia y apenas esbozó una imperceptible sonrisa.

—Me refiero a un colegial muy diferente a mí —con cada cosa que decía parecía regodearse en la prepotencia.

—¿Qué le hace pensar que la autopsia fue ineficiente? —me precipité a preguntar un poco frustrado, pues yo mismo había hecho un segundo examen sin encontrar pistas nuevas. Si la primera autopsia fue desatinada, entonces la mía también.

—Son demasiadas cosas—. Esta vez no me dirigió la mirada y siguió escribiendo en su pequeña libreta —esto no fue un asesinato… podría apostar mi vida en ello.

—¿Qué? ¿no? —pregunté un poco escéptico.

—No. Lo invito a mirar por usted mismo —señaló al cuerpo inerte de la mujer—. No se quede mirándome a mí, mírela a ella. ¿Qué cosa extraña observa?

—No veo algo extraño, sólo las cortaduras, laceraciones, rasguños y esas letras escritas en su vientre con tinta china, cuyos rastros se encontraron en sus dedos al momento de levantar el cadáver.

—Jejeje. Al parecer me veré obligado a compartir mis conocimientos con usted, aunque no acostumbre hacerlo —dijo Andreau con un tono más arrogante del que le había escuchado toda la mañana—. Primero que todo, observe las cortadas principales de los antebrazos atribuidos al asesino. Debe usted notar que estos están hechos hacia adentro, apuntando a su propio cuerpo; lo cual indica que fueron autoinducidos.

—Yo no... —. «No lo había notado» Eso debí decir; pero mi orgullo me detuvo.

—Usted no... ¿No cree que sea cierto? Coloque sus brazos en forma de "equis" frente a usted, como si se defendiera de un ataque de cuchillo. Los cortes vendrían de arriba hacia abajo sobre sus brazos y al extenderlos, notaría que la dirección de los cortes es de adentro hacia afuera; mientras que éstos...

—Sí, sí, eso lo entiendo.

—Perfecto, ahora note usted... —Levantó el brazo izquierdo de la mujer y expuso ante mí su antebrazo—...Este fue el corte que la desangró, cortando directamente las venas. Un corte muy limpio, preciso, mortal y muy simétrico para ser consecuencia de una riña. No obstante, hay otros cortes en la misma zona que sí fueron producidos con violencia o al menos con imprecisión. ¿Había notado esta discrepancia?

—No, eran tantos cortes que no me fijé que hubiese uno distinto.

—La próxima vez le recomiendo examinar todos los cortes, uno por uno, no importa que sean miles. En una sola pista de mil, aunque todas parezcan iguales, puede estar la clave decisiva que conduzca a la verdad. En eso consiste nuestro trabajo —sus palabras me resultaron molestas, ofensivas y acusadoras—. Pero eso no es lo más crítico; al parecer las cortaduras de todo su cuerpo fueron realizadas por dos cuchillas o cuchillos diferentes. Por ejemplo las de su muñeca, las principales, las cuales causaron su muerte, fueron ocasionadas con una navaja muy afilada. Las demás cortadas, que parecieran un vano intento de imitar las primeras u ocultarlas, son irregulares, más gruesas y mucho más profundas; sin embargo de allí no salió mucha sangre, pues la víctima ya había perdido gran parte a través de las muñecas. Éstas heridas post-mortem fueron hechas con el cuchillo de cocina que se supuso, usó el asesino. —Yo aún no comprendía la relevancia de esos datos—.

—Por último... —prosiguió Andreau— ...es necesario señalar el más importante y revelador elemento hallado en la escena del crimen: las iniciales "BG" escritas claramente y muy reteñidas en su vientre con tinta. ¿Estas letras le dicen algo?

—Por supuesto que sí. Son las iniciales del esposo, letras que ella misma escribió en su último intento por señalar a su asesino —respondí.

—Apreciado Eduard ¿Usted considera que la vida es fácil?

—¿Perdón? —me tomó por sorpresa lo fuera de contexto que se encontraba aquella pregunta.

—Yo soy más joven que usted; pero no soy tan ingenuo. Ojalá en todos los crímenes la víctima lograra obtener sus últimas fuerzas, desafiando a la inconciencia y a la ausencia de sangre en sus órganos vitales, para escribir un mensaje de advertencia con el nombre de su asesino. ¿Sabe? Siempre he desconfiado cuando algo en la vida es muy fácil; pues verá, la vida es una intrincada máquina diseñada para probarnos, exigirnos y hacernos más fuertes mientras estemos respirando. La vida no es el galardón, es la prueba que atravesamos para demostrar que somos dignos de él. Por eso, Eduard, no existe algo fácil aquí en la tierra, excepto si ese algo carece de un fin supremo —hizo una pausa y sonrió, pero había algo de aprensión en aquella sonrisa, como si estuviese castigándose a sí mismo por haber sido tan trascendental—. Jejeje, en fin. Continuemos. Estas iniciales, Eduard, no son más que una prueba incriminatoria falsa.

—Pero ¿Tiene usted como fundamentar esto?

—Por supuesto. Pero primero volvamos al arma homicida. Tengo la certeza que hubo dos armas en la escena del crimen. La primera: una muy afilada con la que ella misma cortó sus muñecas, primero la zurda y luego la diestra; quizás fue un momento de desesperación en el que pensó que la única salida era quitarse la vida. Supe, hablando con algunos vecinos de ella, que tenía problemas con su esposo, graves problemas; lo que explicaría la razón de su decisión y le daría sentido a la existencia de la segunda arma. No habría razón para que un asesino atacara con dos cuchillos diferentes...

—Tal vez la mujer logró arrebatarle a su esposo la primera cuchilla intentando salvar su vida y él tomó una segunda arma, el cuchillo, para terminar el trabajo —dije yo rápidamente para justificar la situación.

—En el informe de la policía no se menciona ningún arma en la escena del crimen, excepto el cuchillo encontrado en el coche. Creo que no me escuchó hace unos minutos. Las heridas hechas con el cuchillo no sangraron, demostrando que ella murió varios minutos antes a causa de las dos heridas de las muñecas de donde se escapó todo su contenido sanguíneo. No sólo el filo del cuchillo no concuerda con las heridas principales, hechas en las muñecas, sino que la dirección de los cortes no coincide con un ataque de arma corto punzante, en ninguno de los dos brazos. Recuerde que los cortes sobre las muñecas que se defienden de un ataque, siempre serán de adentro hacia afuera, mientras que todos los cortes en la víctima van de afuera hacia adentro, tomando como referencia su propio cuerpo.

—Sí, eso ya lo entendí; pero... Si ella se suicidó ¿por qué su esposo estaría interesado en que pareciera un crimen?

—¡Esa es la pregunta importante! A él no le interesaba transformar la escena de un suicidio en la escena de un asesinato. Nadie cuerdo querría eso y mucho menos si tuviese riesgo de ser el principal sospechoso. Tampoco hay posibilidades que fuese lo contrario, es decir: un asesinato que el sospechoso intentó encubrir con un suicidio; eso tampoco lo habría creído alguien jamás.

—Bueno, pero dejemos las suposiciones. Usted dijo que un suicidio daría sentido a la segunda arma; no comprendo por qué.

—Todo es muy evidente ahora ¡Prueba incriminatoria falsa! Alguien trató de incriminar al esposo de la mujer y lo logró magistralmente; aunque no lo suficiente como para engañarme a mí. Quien montó la falsa escena del crimen sentía un fuerte odio hacia el acusado. Así, aprovechó el suicidio de la mujer, ocultó la cuchilla con la que ella cortó sus venas y tomó un arma más contundente, más agresiva y generó heridas que ofrecieran la impresión de un feroz ataque.

—¿Cómo puede estar tan seguro de todas estas cosas?

—Si aún no lo comprende, debe usted pensar entonces que el acusado llegó a su casa y, al ver que su esposa no le respondía, apuñaló al cadáver y luego intentó escapar en su coche, todo esto movido por un severo estado de embriaguez mezclado con la ingesta de sustancias alucinógenas.

—Bueno, esa no es una teoría tan descabellada como la otra que usted plantea, la de una escena montada.

—Tiene razón, podría ser. Una persona en tan alto estado de ebriedad pierde todo indicio de consciencia. Es bien sabido que los inconscientes son manejados por el diablo, a quien le gusta burlarse de la fragilidad humana. Jejeje. Pero ¿Sabía usted que el esposo de la occisa era abstemio? Jamás en la vida probó licor y asistía fielmente a una comunidad cristiana.

—Eso no es prueba de nada, todos hemos tenido nuestras primeras veces en algo. Todos hemos cedido ante una tentación o un arrebato; pero es preciso saber que existen algunos impulsos cuyo lastre te acompañará y pesará toda la vida, cosa que él no tuvo en cuenta.

—Cierto. Me conmueve que usted, en tan poco tiempo, haya dejado de ser un inocente niño y ahora hable como todo un experimentado doctor —una sombría sonrisa se asomó entre sus mejillas, formando unos pequeños hoyuelos en cada lado—. Muy cierto lo que dice y le confieso que yo también lo llegué a pensar. Esa idea de un arrebato, una liberación, la búsqueda de lo prohibido y lo nuevo, que terminó en un actuar ilógico y sombrío, también alcanzó a cruzar por mi mente; pero definitivamente fue anulada por completo al analizar las iniciales de tinta en el vientre de Carol. Sí, ya es hora de hablar de ellas.

—"BG", corresponden a Boris Graves. —dije secamente.

—Correcto. Iniciales que, según el informe policiaco, la víctima escribió con sus últimas fuerzas en su vientre, antes de desangrarse por completo...

—Sí —interrumpí—. Todos aquí leímos el informe.

—Bueno, como sea. Mi primera interrogante y quizás la más superficial es ¿resulta normal encontrar un frasco de tinta en un baño? Si hablamos del hogar de una mujer dedicada a la decoración de interiores, enfocada al detalle y dueña de una casa hermosa e impecable, la respuesta es no.

Mientras escuchaba a Sir Andreau, yo me preguntaba: ¿Cómo es posible que nadie más hubiese analizado esos detalles tan simples y obvios? ¿Por qué no había llegado yo a esas conclusiones? «Las cosas son muy claras después de que otro las revela y, cuando aquel que las revela tiene mayor capacidad que tú, lo evidente y hasta la misma verdad resultan repugnantes»

—Bueno, ese análisis realmente no es relevante ni prueba nada. Hay muchas razones por las que un frasco de tinta se encontraría en un cuarto de baño.

—Jejeje ¿Seguro? Bueno, antes de tocar el tema dije que este interrogante era el más superficial; pero no siempre lo superficial carece de relevancia. Algo más importante es la precisión con la que fueron escritas las letras. Nadie con profundas heridas en las muñecas, pérdida masiva de sangre y a punto de perder la conciencia, podría tomarse el tiempo de buscar un frasco de tinta, abrirlo y escribir con tal precisión unas iniciales en su propio vientre. Yo, tal vez, las habría escrito con mi propia sangre, en la pared. Pero ¿qué podría saber yo? Nunca he estado en semejante situación como para saber qué pensamientos cruzarían por mi mente o qué acciones se apoderarían de mi cuerpo. Ponerme en los zapatos de los demás es uno de mis métodos para resolver casos y debería ser también el método de todas las personas para una vida sosegada.

—Bueno, por favor no nos desviemos. Con respecto a las iniciales, hasta el momento sólo ha mencionado pruebas subjetivas.

—¡Correcto! y aún tengo otra "prueba subjetiva" más; pero ya tendrá usted la oportunidad de juzgarla.

—Ilumíneme —le insté. Noté cómo Louis continuaba callado y a la expectativa de todo lo que Sir Andreau inquiría y que yo le rebatía.

—Imagine que yace usted acostado. Lo acaban de apuñalar múltiples veces y su agresor lo dejó tendido allí, desangrándose. Milagrosamente, una botella de tinta china aparece a su lado, convenientemente cerca para alcanzarla con facilidad a pesar de las múltiples heridas en el antebrazo que dificultarían la motricidad, y entonces decide escribir las iniciales del perpetrador en su vientre, un lugar algo incómodo pero válido para el fin pertinente ¿en qué dirección apuntaría la parte inferior de las letras? ¿a su rostro o hacia sus pies? —una desafiante sonrisa se trazó en sus labios.

—Hacia mi rostro —respondí de inmediato. No quería que Andreau notara duda en alguna de mis respuestas.

—Excelente, pensamos igual; no obstante, la mujer escribió las letras al revés.

Me acerqué al inmóvil vientre de la mujer con la que había compartido tantas horas de mis últimos días y observé las dos iniciales, ya difusas, con el detenimiento que debí haberle dedicado antes. Andreau tenía razón «¿Cómo era posible que no hubiese considerado tales detalles?» Me reproché a mí mismo por ser tan descuidado y tan poco empático. Sir Andreau tenía razón, es imposible descifrar la naturaleza humana y es imposible resolver un crimen si no se analiza todo desde la perspectiva de la víctima, del criminal y hasta de los testigos o cómplices. Analizar un caso desde el punto de vista del detective o del médico forense es irrelevante y meramente descriptivo, nada concluyente. Y precisamente, aquella capacidad que tenía Sir Andreau ya lo había conducido a una conclusión bien fundamentada.

—Mi versión de los hechos, conforme a todo lo que he analizado, es la siguiente: La mujer de familia dio por terminada su propia vida empleando una navaja muy afilada, quizás la misma que ella empleaba para afeitarse. Nunca se hizo un inventario formal de todos los artículos de baño encontrados en la escena del crimen; pero podría apostar mi casa y mis puros a que no había navajas de afeitar en ella ni otra cosa que se le pareciese. Convenientemente, esa primera cuchilla fue desaparecida —Sir Andreau se irguió aún más frente a nosotros, como un gigante que toma un nuevo aliento, y continuó con su hipótesis del caso—. Por razones que aún desconozco, alguien sabía que la mujer se iba a suicidar, así que entró a la casa después de acontecido el acto en sí y se dispuso a crear un escenario que inculparía al marido por tan trágica muerte. Sin embargo, a la persona que aprovechó la situación no le bastó con montar una escena que engañara a todos, también le fue necesario engañar al pobre incriminado montando una escena paralela; quizás, y espero no divagar mucho, la finalidad principal de todo esto era matar al esposo, a Boris, fingiendo un evento de homicidio, alcoholismo y drogadicción que, a pesar de su muerte, produjera rechazo hacia su persona por tan terrible acto cometido. Eso habría causado que las investigaciones sobre la muerte de Boris, fueran superficiales y parcializadas. Sí, habrían dicho de inmediato: ¡caso cerrado! —Sir Andreau tomó un poco de aire y soltó su típica y molesta risa—. Jejeje. Después de haber tomado un cuchillo de cocina para infligir más heridas al ya inerte cuerpo y de pintar las iniciales BG en el vientre de la mujer, el responsable se dirigió a interceptar al marido para drogarlo y colocar en su cuerpo y su coche todas las pistas que lo asociaran con su esposa en el día de los hechos, no sin antes recrear de manera magistral un accidente vehicular y de alcoholismo que casi lleva al acusado a su muerte. Sorpresivamente, y para desgracia del timador, el desgraciado sobrevive. El esposo despierta al día siguiente con la mente en blanco, incapaz de recordar haber ingerido licor la noche anterior, con manchas de sangre ajena y un cuchillo de cocina entre su coche. El hombre se culpa a sí mismo por haber matado a su esposa y asume el crimen como un acto que extravió entre alguna de sus confundidas evocaciones mentales.

—Es una versión muy arriesgada e irresponsable —me aventuré a decir.

Para mí, las pruebas de Sir Andreau eran tanto especulativas como subjetivas, carentes de profundidad y certeza. Me preocupaba la posibilidad de dejar a un asesino en libertad si apoyábamos aquella teoría.

—Es mi versión, caballeros —dirigió hacia mí una expresión de arrogancia y hastío—. Y, por lo tanto, estoy seguro de ella.

—Yo confío en tu criterio Sir Andreau —le respaldó Louis—. Ahora mismo convocaré una junta y solicitaré que la policía retome el caso con tu nuevo enfoque. Si es cierto lo que descubriste y logramos reunir suficiente evidencia, llamarán al tal Boris para una segunda declaración y tendrá más posibilidades en el juicio.

—Y estaremos muy ocupados buscando a quien tramó todo esto. Inculpar a una persona por un crimen que no cometió y de esta manera tan retorcida, no puede quedar impune —complementó Andreau.

—¿En serio estamos considerando seguir adelante con esta locura? —Fue lo último que dije aquella vez en que gracias al genio y perspicacia de un hombre reformulamos el caso de Carol Stuart. Sí, aquella fue la vez en que conocí de verdad a Sir Andreau y en que también empezaría a conocerme a mí mismo. Esta historia es la que recuerdo todas las mañanas gracias a mi cortina verde de baño, desde entonces.

La policía retomó la investigación. Aparecieron nuevos testigos, se ataron cabos sueltos y por supuesto, con todas las cartas a su favor, Boris Graves se declaró inocente durante su segundo juicio. Tal como siempre ocurría, Sir Andreau tenía razón. Boris Graves no mató a su esposa y alguien lo culpó injustamente; siendo esta injusticia avalada inmediatamente por la policía, mis colegas forenses, un juez y hasta la familia de la suicida que no dejaba de injuriar al falso acusado cada vez que le veían. Si no fuera por Andreau, el acongojado esposo hubiera pasado el resto de su vida en prisión; pero al final la verdad salió a la luz. Desde entonces ratifiqué que la justicia es ciega y coja; pero nunca sorda. Ratifiqué que Andreau podría ser un bastardo engreído, pero que tenía suficientes razones para serlo.

LONDRES, Mayo 4 de 1914.

He llegado por fin a la morada de Sir Andreau, puntual como siempre; mientras que él no corresponde al mismo nivel de cortesía y educación. Él es la única persona capaz de llegar tarde a una cita en su propia casa, viviendo allí, estando él dentro. Tuve que esperarlo veinte minutos frente a su puerta antes que me abriera y estoy bastante seguro que yo no podría darme ese lujo; si hubiese llegado tarde, él se habría ido a atender el caso sin mí, como ya lo ha hecho tantas veces. Cuando se trata de Andreau, procuro llegar a tiempo aunque sepa que soy yo quien tendré que esperarlo finalmente.

Al abrir la puerta Sir Andreau se apresuró a salir, la cerró rápidamente tras de sí y estrechó mi mano portando una expresión que se debatía entre la emoción y la incertidumbre. No soltó mi mano hasta que estuvo lo suficientemente cerca de mi oído. Su acercamiento me hizo sentir incómodo.

—Creo que ha vuelto, Eduard —me dijo Sir Andreau en tono misterioso.

—¿Qué? ¿Quién?

—Mi mayor enemigo, mi archirrival, mi némesis, mi perfecto opuesto...

—¿Después de tanto tiempo? —pregunté.

—Es él, estoy seguro que es él.

Hoy ha sido una madrugada extrañamente cálida y extrañamente melancólica. Después de un par de años ha vuelto a aparecer la peor pesadilla de Sir Andreau; o eso al menos es lo que afirma. Sir Andreau me pareció un hombre intrigante y paradójico desde el primer momento en que lo vi. Después de conocerlo y de ser testigo de su genialidad, convertí el odio y la envidia que alcancé a sentir por él en una desmesurada y fiel admiración. Los primeros dos días que compartí a su lado, percibí a un hombre seguro de sí mismo, imponente, resuelto, inquebrantable. Sir Andreau confiaba en que atraparía a la persona que alteró la escena del suicidio de Carol porque según él, había vuelto a "hacer de las suyas". Una semana después del suicidio de la mujer, había un nuevo cuerpo, una nueva víctima y Sir Andreau, quien hoy en día es más que mi mentor, estaba seguro que se trataba del mismo perpetrador. "Pronto cometerá un error" decía. "A medida que aumenta el número de crímenes aumenta la confianza y éste es un sentimiento enceguecedor que te vuelve descuidado, mediocre y perezoso. Es el sentimiento de inferioridad el que nos mueve a ser mejores y en cambio el de superioridad, además de restarte ambición, motiva a todos los demás a querer superarte y humillarte. Aquellos que siempre se sienten menos, son quienes siempre logran más. Estimado Eduard, él pronto cometerá un error y lo atraparemos" me repetía una y otra vez; no obstante, eso nunca ocurrió.

Recuerdo muy bien que al día siguiente de haber terminado la autopsia de la mujer e iniciar los trámites para que la policía y la corte revalidaran la investigación y su dictamen, Sir Andreau había hecho transferir un nuevo cuerpo a nuestra morgue, el que estaba supuestamente relacionado con el mismo caso. Él estaba convencido de que se trataba de la misma persona y, cuando a él se le metía una idea en la cabeza, era imposible hacerle pensar lo contrario.

LONDRES, Julio 22 de 1904.

El mismo Andreau fue quien levantó la manta blanca que cubría el cuerpo del cadáver. La víctima era un hombre de unos 50 años, obeso, de piel blanca y extremadamente velludo.

—Todo es muy evidente ahora —Andreau proyectó una sonrisa que en ese momento particular me pareció enfermiza dado que nos encontrábamos frente a un hombre muerto.

—¿Estás seguro de esto, Andreau? —preguntó Louis con algo de escepticismo.

—Totalmente. La persona que alteró el cadáver y la escena del crimen de Carol, también intervino en este cuerpo.

—¿Puedo examinarlo? —pregunté. Me inquietaba el hecho de estar frente a una posible segunda víctima y quería constatar por mi propia cuenta las razones que llevaban a Sir Andreau a pensar en dicha posibilidad.

—Para eso los traje aquí, a usted y a Louis, por supuesto. Quiero que ustedes dos me ayuden a analizarlo. Quiero obtener todos los detalles y, a pesar de nuestro anterior trabajo en conjunto, confío en su profesionalismo. No pudieron dilucidar el caso de la mujer con la facilidad que yo esperaba; pero estoy seguro que nadie lo podría hacer mejor que ustedes «Supongo que eso fue un halago». Ayúdenme a conseguir todas las pistas que puedan conectarse con el caso de Carol Stuart para dar con el paradero de quien esté haciendo esto —las palabras de Andreau me parecieron una especie de súplica y no pude comprender en ese momento por qué el mejor detective necesitaría de nuestra ayuda.

Estuve por casi dos horas examinando el cuerpo con Louis sirviéndome de apoyo. El informe policiaco mencionaba un simple suicidio y el cadáver exponía una profunda y marcada cortadura en cada muñeca. La muerte había ocurrido un par de días atrás. Cuando Sir Andreau inspeccionó el cuerpo, dijo de inmediato que no era un suicidio; por lo que quiso contrastarlo con otros eventos similares acaecidos últimamente y el que más coincidía era el del presunto asesinato de Carol. Sir Andreau afirmó, al ver el cadáver del hombre obeso, que no se trataba de un suicidio sino de un asesinato y que quien lo había cometido, ya había hecho algo similar antes. Esta vez, no tardé mucho en darle la razón a Sir Andreau y para mí sorpresa, empecé a ver más allá de lo indudable, empecé a comprender el valor de lo evidente... empecé a ver con sus ojos.

—El hombre presenta cortadas, una por cada muñeca; pero son laceraciones que no sangraron profusamente. Lo anterior me lleva a concluir que la víctima llevaba ya tiempo muerta antes de recibir estos cortes. No hay nada más extraño en el cuerpo del occiso excepto unos leves hematomas en el cuello que sugieren, seguramente, la asfixia causada por un tercero —mientras yo hablaba, Sir Andreau me miraba con elevado interés—. Este fue un asesinato, el cual se intentó cubrir con un suicidio, sin duda. Pero no estaría tan seguro de que esté relacionado con el caso de la mujer, aquí el *modus operandi* fue muy distinto.

—Brillante análisis Eduard. Muy acertado en todo, excepto al decir que el modus operandi es distinto; si bien es cierto que en el caso Stuart se disfrazó un suicidio con un asesinato, y en éste se hizo lo opuesto, no significa que sea distinto. Al contrario, se vislumbra claramente que para quien está detrás de todo esto, un asesinato y un suicidio son intercambiables entre sí y eso conecta ambos casos de forma inmediata —Sir Andreau me miró como si estuviese esperando una respuesta de mi parte; pero no fui capaz de emitir alegato alguno esta vez—. ¿Ya terminó su análisis?

—Sólo superficialmente. Falta efectuar el…

—¡Así es! Bien hace al decir que ha sido superficial, pues acaba usted de pasar por alto un detalle muy importante que también se ignoró por completo en el caso de Carol Stuart —un sentimiento de ineptitud me invadió al oír esta acusación—. Detrás de la nuca, el occiso posee una marca de jeringa. La misma marca que poseía Boris, el esposo de la mujer, en el costado derecho cuello y que fue reportada por los médicos al realizarle la respectiva valoración médica, después del accidente vehicular. Al tratarse de un accidente tan serio y que dejó múltiples heridas en el sujeto, esta marca menor fue ignorada y considerada como otra más de las tantas contusiones y laceraciones. Pero ustedes no tienen de qué avergonzarse, no era su trabajo analizar el cuerpo de un vivo; sé que la mayoría de personas llegan hasta donde los limita su trabajo. Yo, al no tener trabajo ni profesión específica, no poseo límites para actuar y llegar a donde otros no pueden —Sir Andreau siempre profería frases de autoadulación que lograban incomodar a los presentes, en especial a mí—. Tan sólo quiero dejar mi punto muy claro: esa marca de jeringa es otra característica particular que vincula los dos casos.

Sí, era lógico, era cierto: ambos casos estaban relacionados, ambos crímenes fueron cometidos por la misma persona; pero no quedaron huellas, indicios ni rastros que nos condujeran a un sospechoso. Sabíamos que el asesino del hombre obeso era el mismo que atentó contra Boris Graves y que disfrazó el suicidio de Carol; sin embargo, no teníamos la menor pista de quién podía ser. Lo único que podíamos inferir de su misteriosa identidad, es que era de sexo masculino, pues sólo un hombre hubiese podido estrangular con sus manos a un sujeto tan grande, además de someter a Boris Graves. Otro indicio de la posible identidad, aunque no tan concluyente, es que el sujeto tenía acceso a conocimientos y materiales químicos, esto se dedujo por los fármacos y las dosis exactas que inyectaba a sus víctimas.

—Louis y Eduard, trabajen con dedicación y ahínco en este cuerpo. Estoy seguro que en él podremos hallar la pista crucial que nos conduzca al asesino y a quien intentó inculpar a Boris Graves. Yo tengo que atender otros asuntos de gran importancia y estaré fuera de la ciudad un par de días; pero confío en ustedes y en la contundencia del reporte detallado que entregarán a mi regreso—.

Aquellas fueron las últimas palabras que escuchó Louis de Sir Andreau, pues lamentablemente, así como el viento decide repentinamente tomar una hoja seca del suelo y zarandearla por los aires, la muerte decidió llevárselo. Un fuerte ataque de tuberculosis pulmonar le arrebató la vida dos días después de nuestra reunión. La muerte de Louis sumió a Andreau en un profuso estado de postración y melancolía. A su retorno, Sir Andreau y yo examinamos el cuerpo del hombre obeso para obtener las últimas anotaciones; pero no hallamos algo valioso ni trascendental. Ante la decepción y la tristeza por la pérdida de su gran amigo de toda la vida, Sir Andreau sólo repetía con los ojos llorosos enmarcados en un rostro inexpresivo y analizando por última oportunidad el cada vez menos robusto cuerpo: "Está limpio, este cadáver está muy limpio. El cuerpo de este hombre está frío, vacío, sin propósito y sin utilidad alguna, tal como ahora está mi alma".

Con el tiempo, a lo largo de diez años, aparecieron más casos de homicidios relacionados con el de Carol Stuart —o al menos Sir Andreau los consideraba así—. Él, siendo el mejor investigador de la ciudad o quizás del país, no pudo resolver ninguno. No los resolvía porque estuviese perdiendo sus habilidades, ni tampoco porque la partida de Louis le hubiese dejado trastornado y moralmente decaído; no los resolvía porque el asesino iba mejorando sus métodos y se perfeccionaba con cada nuevo crimen. Era como si estuviese un paso delante de nosotros, como si al acercarnos más a su rastro él encontrara la forma de borrarlo. Y lo peor de todo aquel asunto es que entre más lejos estábamos de la verdad, Sir Andreau más se obsesionaba con ella. Parecía que Andreau había convertido a este hombre en su propósito de vida y cuando alguien cree haber encontrado el motivo de su existencia, sólo la muerte puede arrebatarle dicha idea.

Estos últimos diez años han sido un tortuoso lapso en que sir Andreau se entregó al alcoholismo, al tabaco en exceso y a su misantropía. Poco salía de casa a no ser que fuese para resolver un caso y sólo aceptaba aquellos que pareciesen estar relacionados con el objeto de su obsesión. Ya no era un cuestión asociada a la búsqueda de la verdad y la justicia; encontrar al misterioso culpable de tales fechorías y engaños se había convertido en algo personal para él, en una lucha de egos por definir quién de los dos era el más inteligente, sagaz y astuto. Tanto se hablaba de este criminal y del daño que estaba haciendo a la reputación de Sir Andreau, que incluso le apodaron el "Andreau Negro" o el "Andreau Oscuro", pues cada vez cometía más crímenes y cada vez su huella era más imperceptible, inalcanzable.

Cinco años después de habernos conocido, y siendo muy notorio el daño que causaba la ausencia del doctor Louis en la vida de Andreau, el famoso Sir me hizo socio en su firma de investigadores y así rentamos un nuevo local para llevar a cabo nuestras labores. Este local, naturalmente, se encontraba muy cerca a la morgue principal a donde muy frecuentemente debíamos acudir y en donde yo seguía trabajando. Yo, a pesar del odio y la envidia que llegué a sentir al conocerle, me sentía honrado y agradecido con Sir Andreau por permitirme ser su mano derecha, su hombre de confianza y a pesar de la "mala racha" económica que atravesamos en cierto punto, todos los días aprendía algo nuevo de su gran cultura y de su perspicacia. Ninguna experiencia laboral podría equiparar a la de acompañar en todos los casos, incluso los más triviales, al famoso Sir Andreau de Londres.

LONDRES, Mayo 4 de 1914.

Son ya diez años que llevamos conociéndonos y trabajando juntos y sin embargo, Sir Andreau nunca me ha dejado entrar a su hogar. En esta oportunidad no fue la excepción, me atendió en plena calle. Ni Louis —que en paz descanse— conoció siquiera el *foyer* de la casa del afamado detective, pues Andreau alegaba que el hogar, al igual que el cuerpo, deben ser conocidos por la menor cantidad de personas para mantenerlos seguros, limpios y sosegados. Son casi las cinco de la mañana y nos dirigimos en un cab de esos franceses, marca Renault, rumbo al lugar donde se produjo un nuevo deceso, según me explica Sir Andreau. Durante el trayecto mi acompañante es tan callado como siempre y se limita a proferir algunas frases sueltas sobre el clima, lo mucho que odia utilizar vehículos extranjeros o la manera que ha cambiado Londres en los últimos años; En alguna etapa de mi vida yo admiraba a todos aquellos que tenían el "don de la palabra" y que podían conversar por horas y horas sobre diversos temas; no obstante, tras conocer a Andreau, comprendí que las mentes brillantes son las más calladas, pues cuando el cerebro se abstrae en sus reflexiones poca oportunidad tiene de articular palabras de labios para afuera; no es posible conversar lúcidamente con dos personas simultáneamente y los genios conversan asiduamente consigo mismos. Además, una mente prodigiosa se cuida de compartir todo lo que por ella se cierne. Cautela e inteligencia son dos cualidades que van de la mano. En todo caso, preferiría al menos una conversación trivial, sobre cualquier tema, mientras surcamos los agrestes paisajes de las inmediaciones londinenses.

Sir Andreau, sin siquiera dirigirme la mirada, rompió el silencio como si supiese lo que mi mente cavilaba y lo mucho que me incomodaba no poder conversar en un trayecto tan largo.

—Debe usted pensar que estoy obsesionado y que he perdido mi juicio, querido Eduard.

—Jamás pensaría eso, Señor —le respondí con rapidez para no delatar lo que hace tiempo sospechaba con preocupación.

—Usted ha sido mi compañero, por un poco más de diez años, en incontables casos que hemos resuelto con éxito.

—Querrá decir: que usted ha resuelto. Yo sólo he sido un oportuno acompañante de sus ingeniosas deducciones.

—Y esas deducciones siempre han sido ciertas ¿no es así?

—Sin duda, excepto en todo lo que tiene que ver con ese al que llaman el "Andreau Negro".

—¡Un apodo ridículo para un criminal ridículo! —pude notar un esbozo de desprecio en su afirmación—. Debo confesar con decepción que aquel sujeto ha logrado escabullirse por más tiempo del que debería; pero créame que estoy más cerca de él de lo que usted cree.

—¿Está seguro de que no hay envidia ni obsesión en sus afirmaciones, Señor? —le cuestioné de forma respetuosa, intentando que se auto examinase.

—Pronto, muy pronto, todo será evidente... también para usted.

En un poco más de una hora y tras recorrer una vía muy irregular y estrecha, nos adentramos poco a poco al área de Bullsmoor, la cual es famosa por ser tranquila, residencial y compuesta por enormes viviendas campestres muy separadas entre sí. A través de la ventana de nuestro transporte, miro impresionado la enorme fachada que ostenta la casa de dos pisos a la que hemos llegado. El sol que hasta ahora comienza a asomarse devela el rojizo ladrillo que compone las tres secciones de la formidable construcción, la cual exhibe dos chimeneas, una a cada extremo, y un sinnúmero de ventanas de las cuales se asoma una cálida luz amarilla. En la sección del medio, dos gigantescas puertas separadas entre sí parecieran darnos la bienvenida, pues se encuentran abiertas de par en par.

No he terminado de descender del coche cuando Sir Andreau ya tiene puestos sus guantes quirúrgicos y entre sus manos empuña la lupa con la que suele examinarlo todo. Como siempre, mi jefe se anticipa a su entorno y me pide que aún no me baje del cab para poder examinar las huellas existentes a la entrada.

—Sir Andreau, me agrada que este caso no se trate de un simple robo o de otro pleito económico entre borrachos, como las últimas misiones para las que nos han contratado; pero ¿no cree que está exagerando dejándome encerrado aquí?

—Mi querido Eduard, la escena del crimen inicia justo en este punto, en la entrada del recinto y no en donde se encuentra el cadáver, como todos creen —afirma—. Muchos van directo al cuarto donde se encuentra la víctima o donde el objeto valioso desapareció ¡grave error! Ese es justo el lugar donde el culpable borra todas sus huellas. Las respuestas más claras están en los espacios que anteceden al lugar de los hechos.

—Comprendo, me lo ha dicho cientos de veces; pero la verdad me siento un poco inútil encerrado en este vehículo, sin mencionar que aún no hemos pagado el…

—¡Shhh! Eduard, hay algo aquí que merece toda mi atención.

Pago la suma exigida por el conductor, como me ha tocado hacer en nuestros últimos trayectos. Con tantos casos exitosos últimamente, me sorprende que aún no contemos con coche propio. De todos modos, continúo aguardando en el vehículo.

Sir Andreau se acurruca en el césped del antejardín, toma una pequeña muestra de suelo entre sus dedos y tras examinarla con su lupa, la olfatea con precaución. Mientras sigue analizando el terreno, un particular personaje aparece por una de las puertas de la sección central de la casa. Un hombre muy bajo, calvo y de voluminosos bigotes blancos, sale al encuentro de mi socio y lo saluda con devoción. Sus vestiduras parecen corresponder a las usadas por la servidumbre.

—¡Oh! ¡Mi Señor! Pensé que nunca llegaría. Sir Andreau, por favor siga usted. Mi amo ha muerto ¡se quitó la vida! Está muerto y aún no lo he asimilado.

—Lo sé, Duván, y le reitero mis condolencias. Vinimos tan pronto recibí su llamada. Hizo muy bien en avisarme a mí antes de alertar a la policía, ellos lo habrían arruinado todo. Si no fuera por ese maravilloso artefacto llamado teléfono, en este momento ni siquiera estaríamos en camino.

«El teléfono es más ruidoso que maravilloso» pensé para mí, aunque no me pareció propicio sacar a colación el comentario dadas las dolorosas circunstancias. Tras las presentaciones formales, entre Duván y yo, por fin puedo bajar del cab para seguir todos juntos al interior de la casa; no obstante, Sir Andreau se encarga de retrasar con insistencia nuestro ascenso a la planta superior en la que se encuentra el cadáver.

—Preferiría que mi colega y usted me esperen aquí abajo, quiero alterar en lo más mínimo la escena; por eso le pregunto nuevamente y disculpe si resulta molesta mi insistencia ¿movió usted o tocó algo que pudiera ser, a su criterio, importante?

—Yo sólo toqué a mi amo —Duván titubea un poco —. El resto está tal y como se lo describí por teléfono y, tal como le dije por teléfono, cuando tomé a mi amo por la nuca para sentir su respiración o su pulso, toqué accidentalmente el piquete que tenía en el cuello. Eso fue lo único que toqué por accidente, el piquete.

—¿Piquete? —no pude evitar preguntar.

—Sí, Duván cree que a su patrón lo picó un insecto o algo parecido —Sir Andreau hace una pausa para retirarse los guantes y mientras le corta la punta a uno de sus puros, continúa con la explicación—. Su patrón, quien también fue un cliente mío hace muchos años, había dejado definitivamente la bebida y, aun así, antes de pegarse un tiro en la frente, Duván le escuchó proferir algunas maldiciones y frases sin sentido ¿Se le parece a algo que haya oído antes?

«Para mí es obvio que Sir Andreau quiere vincular este suceso a lo que aconteció con Boris Graves y puede que tenga razón. Aunque preferiría que mi señor dejara de pensar por un segundo en su némesis, nadie podría negar que haya una irrebatible similitud entre ambos casos como lo son el piquete en el cuello, el comportamiento errático de una persona abstemia y el simple hecho de tratarse de un suicidio. Sí, para mi desdicha, existen grandes posibilidades de que se trate de un acto cometido por el Andreau Negro»

—Entiendo —me dirigí al aún consternado mayordomo—. Duván ¿su patrón poseía problemas de algún tipo? ¿Considera que tenía alguna motivación lo suficientemente fuerte para quitarse la vida?

—Por supuesto que no, precisamente por eso llamé a Sir Andreau, porque mi amo era un hombre muy aferrado a su vida. Mi amo... —medita por un momento como intentando encontrar a la fuerza algo perdido en sus recuerdos—. Sus negocios iban mejorando, sus acompañantes cada vez eran más hermosas y distinguidas y además, ya estaba arrancando nuevas empresas.

—¿Alguna afección de salud? —indagué.

—No. Todos los días se ejercitaba, salía a cazar patos y conejos en el bosque y, por las noches, salía a cenar con jóvenes compañeras. Mi amo estaba en su mejor momento de salud. Estaba por cumplir 55 años y siempre decía que con el tiempo se sentía más fuerte.

—El hombre pasaba por su mejor momento para vivir, al parecer; no obstante, la muerte no sabe distinguir entre las vidas buenas y las malas —acotó Andreau, segundos antes de que algo le llamara la atención en el suelo enmaderado de la sala.

Andreau se inclina y posa la palma de su mano sobre la rústica madera como si la masajeara. Luego se pone en pie y cruza la sala, la cocina y sale por la puerta trasera con lento andar sin apartar la mirada del suelo. Pareciera que sigue un rastro.

—¿A dónde conduce esa puerta? —pregunto a Duván al ver a mi jefe salir por ella.

—Atrás de la casa está la caballeriza, luego el molino, el granero, uno de los depósitos y si se sigue un sendero, se llega a la parte sur del bosque.

Abruptamente, Sir Andreau vuelve a aparecer por la puerta misteriosa, pero esta vez corriendo a toda velocidad y gritando con una expresión de angustia que jamás había visto en su rostro.

—¡Salgan ya! ¡salgan de la casa! ¡salten! —grita con desesperación.

En fracción de segundos, Duván y yo cruzamos las miradas antes de correr hacia afuera; él sale por la puerta y yo, un poco más atemorizado por el pánico que me contagió el rostro de Sir Andreau, salto por una ventana cercana rompiéndola en varios pedazos. Un segundo después, despedido a través de otra de las ventanas, Sir Andreau cae al césped a unos cuantos metros de Duván y al siguiente segundo, antes que pudiese obtener una explicación ante la desconcertada mirada de mi colega, una poderosa explosión me ensordece hasta el punto de hacerme sangrar los oídos. Pedazos de madera incinerada caen sobre nosotros y las llamas nos abrazan con un calor insoportable. Me reincorporo y dirijo la mirada en dirección a la casa intentando comprender lo que acaba de ocurrir. El panorama es desolador al ver el segundo piso destruido, el rojo ladrillo ennegrecido y el incesante avanzar del fuego en el interior de la casa. Los bomberos no llegarán a tiempo para controlar el incendio y resulta obvio que ya no queda cuerpo ni escena del crimen para investigar. Tanto el primer piso como el segundo son presas del anaranjado brillo de las brasas.

—¡Lo he perdido todo... lo he perdido todo! —repite Duván mientras llora arrodillado. Al tener pocos referentes asociados a pérdidas de seres queridos, la escena me recuerda al dolor que manifestaba Andreau cuando murió su amigo Louis—. Sir Andreau, dicen que usted siempre ha estado tres pasos delante de los criminales ¿cómo no previó que pasaría esto? —reclama Duván.

—Aunque no es el momento más adecuado para decir esto: me halaga, Duván. Pero quizás hay alguien un paso más adelante que yo y ahora tengo la certeza que esta fue una de sus obras. Estimado Duván, puede estar tranquilo, su amo con seguridad ha hecho justicia a sus tantos años de fidelidad y no lo desamparará en lo económico, aún después de muerto. Lo mejor de todo es que ya tengo la certeza de que no se suicidó. Alguien le inyectó una droga alucinógena que le hizo gritar todos los absurdos y las palabras soeces que escuchó anoche. Alguien le inyectó una droga para que pareciera que estaba experimentando un episodio de pánico y depresión que diera sentido a su repentino suicidio. Esta droga en particular despierta deseos de autodestrucción, pero como usted muy bien lo dijo: él tenía muchos deseos de vivir y razones de sobra para seguirlo haciendo; por lo que, al ver que no se suicidaba, el asesino no tuvo más remedio que salir de su escondite y dispararle en la cabeza, escapando por la ventana y cayendo sobre el techo del granero, mismo sitio por donde ingresó a la casa y que después llenaría de pólvora y explosivos para borrar toda evidencia del crimen. El asesino no quería dañar a nadie, la explosión fue sólo una advertencia y también una forma de cubrir sus huellas. De no ser ninguna de las anteriores, fue un explosivo que no funcionó en el momento que se tenía previsto.

—¿Droga? —pregunta el contrito mayordomo.

—Sí, aunque su teoría de un insecto venenoso es plausible —dice Andreau con algo de condescendencia— lo que usted sintió en la nuca de su amo no era un piquete, era la marca de una aguja. No es la primera vez que hemos visto esta clase de inyecciones en el cuello de una víctima.

—Pero ¿cómo sabe que la droga no surtió efecto y que el asesino tuvo que matar al amo con sus propias manos? Usted no tuvo la oportunidad de examinar el cadáver.

—Yo conozco todas las armas de su amo, Duván, y sé que él no posee revólveres de cañón corto, siempre confesó detestarlos; le parecían femeninos y poco firmes. En todo caso, haciendo uso de la ventaja que me da el conocerlos a ustedes previamente por varios años, en su llamada usted mencionó que junto al cuerpo encontró el revolver favorito de su amo. Pues bien, si mal no recuerdo, el revolver favorito de su amo era el Colt Navy del 51, un arma muy larga y muy difícil e incómoda de sujetar para dispararse en la cien, por eso los suicidas generalmente concluyen su acto en la boca o en el costado de la cabeza; pero un arma tan larga pocas veces, o nunca, va en la frente. Hasta para morir, un hombre procura su comodidad.

—¿En qué momento llenó el granero de explosivos? Yo me habría dado cuenta si alguien rondara la casa, suelo estar alerta ante cualquier ruido inusual.

—Eso es porque con usted usaron una droga distinta, una que causa un sueño muy profundo, que es fácil de preparar y que puede suministrarse por otras vías distintas a la intravenosa. La persona que mató a su amo los había estado estudiando desde hace varios días y seguro identificó un patrón de hábitos y de alimentación suya y de otros miembros del servicio, como por ejemplo la hora de la cena.

—No, yo nunca ceno. En las noches suelo prepararme una taza de té, pero… ¿Cómo diablos…? —Duván no puede ocultar su miedo y asombro. Miedo al saber que fue espiado por varios días y asombro por las capacidades de Sir Andreau, supongo.

—Si se pregunta cómo diablos esa persona lo drogó a usted, Duván; le podría apostar que él, escondido en la parte de atrás de la casa, esperó a que usted descuidara la olla del agua hirviendo y le agregó un molido compuesto por dos tipos de plantas: valeriana y pasiflora, las cuales tienen potentes propiedades somníferas.

—¿Cómo sabe todo eso?

—Muy fácil, cuando salí por la puerta trasera siguiendo un rastro que encontré, noté que la estufa estaba muy cerca a la ventana y que en el voladizo, alguien había dejado residuos triturados de estas dos plantas. Puedo asegurar que el asesino no tenía planeado sedarlo, pero algo lo hizo cambiar de opinión pues vi huellas y pisadas en los jardines de alguien que buscaba desesperadamente, entre los arbustos, estas dos hierbas o unas con propiedades similares. Cuando usted consumió la infusión, Duván, el sabor de las hierbas quedó disimulado para su paladar.

—Sorprendente; pero ¿Cómo sabe usted que el criminal no quería matarnos?

—Porque cuando entré al granero activé un sistema que, oculto en las bisagras, emitió una chispa que se fue deslizando a través de una mecha. Como la mecha estaba ubicada en un punto muy alto e inalcanzable, supe que me sería imposible apagarla o intentar cortarla; así que hice lo más sensato y oportuno que se me ocurrió: alertarlos a ustedes y sacarlos lo más rápido posible de la propiedad. Si el asesino nos hubiese querido muertos, habría usado una mecha mucho más corta o un sistema con el cual explotaran todos los barriles de inmediato, con sólo abrir la puerta.

—Y ¿qué ganaría alguien haciendo todo esto? No hay nadie que pudiera beneficiarse de la muerte de mi amo —insiste el compungido sirviente.

—Eso es lo que averiguaré, mi querido Duván. Se lo prometo. Lamentablemente, aquí ya no hay más pistas para esclarecer la verdad —Andreau suspira—. Eduard y yo debemos regresar a nuestras casas.

La policía habla con mi jefe, quien los pone al tanto de toda la situación. Mientras los bomberos y las ambulancias llegan para atender el incendio, Sir Andreau y yo tomamos el camino de regreso en un cab. Una vez dentro del vehículo, viendo por la ventana como el sol se apodera de la explanada, me encuentro a mí mismo tan cansado, dolorido y desecho que me cuesta trabajo mantener los ojos abiertos. La forma en que luzco por fuera es como seguramente él, Sir Andreau, luce por dentro. Tiene una expresión fría, inexpresiva, vacía, y al mirar sus ojos siento que habita en ellos la gélida negrura del universo. Durante todo el trayecto Sir Andreau sólo dijo: Sí, todo es muy evidente ahora.

LONDRES, Julio 6 de 1914.

No he hablado con Sir Andreau después del explosivo incidente en Bullsmoor, en casa de uno de sus antiguos clientes y quizás el conocido más cercano que tuvo, además del Doctor Louis que en paz descanse. Tampoco sé si ha atendido y resuelto casos sin mi ayuda en estos dos meses. Cuando le escribo cartas no contesta y las veces que he pasado junto a su casa y he tocado su campana, no abre la puerta; aunque estoy seguro que he oído ruidos en el interior. Él estaba allí. Su comportamiento no me resulta tan extraño, pues he aprendido que cuando al Sir le ocupa y obsesiona un caso en particular se sumerge por completo en sus cavilaciones y no sale de su guarida ni responde a las llamadas hasta encontrar la respuesta; pero sí es extraño que dure tanto tiempo así. El caso que más ha tardado en resolver duró tan sólo tres días.

Justo cuando pienso recostarme en mi sillón favorito para tomar una siesta, el estrepitoso timbre del teléfono me sacude. Es él. Muy pocas personas en Londres tenemos acceso a las líneas telefónicas y cada vez que suena ese infernal aparato lamento ser uno de los "afortunados". Decían que las personas más importantes de la ciudad y quienes tuviesen cargos prioritarios, debían ser poseedores de tan útil invención. Para mí, el teléfono es un invento ruidoso e imprudente; creo que lo repito a menudo.

—Eduard, prepárese, debemos trabajar.

—Mucho tiempo sin saber de usted, señor… —colgó.

Había algo diferente en su tono de voz; pero como siempre, no hubo tiempo de explicaciones o preguntas superfluas. Sir Andreau siempre va al grano, sin reparar en formalismos o interacciones que carezcan de un propósito definido y significativo.

El carruaje expreso que siempre tomo para arribar a la casa de Sir Andreau, en las horas normales de trabajo, por fin se ha detenido. Es un largo trayecto desde Watford a Orpington, donde él vive. Además de la ruta en el carruaje, debo andar a pie un par de bloques más hasta el hogar de mi socio. Durante la caminata, contemplando las esbeltas casas de dos pisos con techos altos e inclinados, tengo suficiente tiempo para pensar en la próxima aventura que nos espera ¿Será acaso otro asesinato? ¿una valiosa pieza de arte perdida? Quizá sea otro esposo celoso que quiere investigar a su mujer o, en el peor de los casos, podría ser otra situación relacionada con el "Andreau Oscuro". Me aterra pensar en esta última posibilidad, pues sé lo mucho que le afecta a mi colega en lo anímico y en lo psicológico. Sir Andreau no es un hombre acostumbrado a la derrota y el no poder dar con el paradero de este criminal tras diez años de búsqueda, le debe estar generando un sentimiento insoportable de impotencia. Lo puedo sentir cuando le veo.

Justo antes que mis nudillos golpeen la puerta, ésta se abre y Sir Andreau aparece detrás. Sobre el hombro de mi colega y jefe, apenas puedo percibir el angosto corredor que siempre ha separado al mundo exterior de la indescifrable intimidad que le envuelve. Un poco más al fondo alcanzo a percibir las escaleras que suben hasta el segundo piso, hasta esa provisional estación del cielo desde la que Sir Andreau, supongo, solía contemplar al mundo con desdén cada mañana. Ahora debe asomarse desde allí con amargura y nostalgia, pues convive diariamente con la derrota, como el resto de los humanos.

—¡Qué agradable sorpresa mi estimado Eduard! —dice Sir Andreau con un nivel de afecto que jamás había visto en él.

—Reitero, señor: ha pasado mucho tiempo sin saber de usted— estrecho su mano con fuerza, respondiendo a su actual efusividad—. ¿Cuál es el caso de hoy?

—Este es el caso, el más importante que hemos tenido hasta ahora —dice agitando entre sus manos un pequeño sobre blanco—. Y para serle sincero, tal vez sea el último de todos los casos.

—¿Cómo dice, señor? ¿Habla usted en serio?

—¿Alguna vez he bromeado? —Sir Andreau agacha la mirada con trascendentalismo y de inmediato se reincorpora, como si tras una profunda pero corta meditación hubiese vuelto en sí— ¡Vamos! No hay tiempo que perder.

—¿A dónde vamos?

—A la oficina de correo, obviamente.

Sir Andreau y yo tomamos un carruaje en dirección a la oficina postal. Tomar el transporte público en su compañía me resulta bastante particular, pues él odia los espacios pequeños y en especial, el tener que mezclarse con desconocidos. Para enrarecer aún más la situación, Sir Andreau habla con nuestros extraños acompañantes durante todo el trayecto, haciendo uso de los formalismos y vanas frases que él siempre ha criticado como pueriles. Lo único que puedo hacer es escuchar absorto cómo Sir Andreau se interesa por la familia, las profesiones y el día que han tenido las personas que acaba de conocer.

—Hemos llegado, acompáñeme Eduard —me invita mi afamado colega.

—¿Me podría poner al tanto del caso que atenderemos? No puedo ayudarle si no sé al menos lo que estamos haciendo.

—Como le dije: éste es el caso, el más importante… —vuelve a sacudir el sobre sellado y de color blanco en su mano izquierda—. Por ahora no es necesario saber más.

—Si no estoy bien informado, no podré serle útil.

—Por el momento, sólo necesito que consiga un cab u otro carruaje para regresar a mi casa, ¡tengo ganas de un coñac! ¿Le apetece acompañarme?

—¿Qué? ¿a beber? ¿en su casa? —no puedo ocultar mi asombro ante la propuesta y empiezo a tartamudear y a balbucear palabras inentendibles.

Mientras busco un transporte, el Sir entra a la oficina para enviar el sobre, supongo. Efectivamente, mi colega aparece de nuevo con las manos vacías y se sube conmigo en el cab que, tras varios minutos de espera, logré conseguir. Solía recriminarme por no encontrar taxis de marca nacional diciendo que traicionaba a nuestra industria; pero, aunque en esta ocasión abordamos un Unic, nada dijo.

—Perdone que esté un poco sorprendido, pero debe entender que en estos diez años es la primera vez que me invita a su casa. Es decir, ya hemos compartido algunos tragos, usted con su coñac y yo con mi vodka en alguno que otro pub; pero jamás he puesto un pie en sus aposentos.

—Siempre hay una primera vez para todo, mi querido Eduard —responde con una sonrisa esperanzadora en su rostro, mientras el cab se abre camino por las empedradas calles de Londres.

No recordaba que la puerta principal de la casa de Sir Andreau tuviese tan intrincada seguridad. Múltiples veces le acompañé hasta la entrada y no me había fijado en el gran número de cerraduras instaladas en la enorme portezuela metálica.

—Supongo que jamás le han robado —digo intentando cortar el silencio incómodo que invade la atmósfera.

—Quien osara robarme, sabe que lo encontraría al día siguiente, jejeje. Por favor, pase usted y siéntase como en su propia casa.

—Gracias —camino por el corredor oscuro y estrecho que antecede a las escaleras, mientras él me sigue los pasos. Este corredor es lo único que conocía de la morada de Sir Andreau y parece que a partir de ahora conoceré un poco más de esta edificación que por diez años me causó tanta intriga y curiosidad. Nunca nadie ha podido cruzar la puerta principal de Sir Andreau y me emociona saber que quizá yo sea el primero. Al final del pasillo un gran salón de amarillos muros se manifiesta y para mi sorpresa, el ambiente no luce tan ordenado como siempre lo imaginé. Todo está decorado de forma muy rústica, austera y minimalista. La cocina, la sala y el comedor conforman un mismo espacio; tras la ventana de la cocina puedo percibir lo que parece un patio de ropas y frente a mí, tres puertas de madera que permanecen cerradas. Las puertas son lo único despejado en las paredes, pues el resto de ellas se encuentra tapizado por estantes de libros. Hay libros por doquier, muchos, no sólo en los estantes que difieren entre sí por su color y tipo de madera, sino también sobre los pocos muebles de la sala que normalmente se usarían para apoyar personas o comida. En los lugares donde no hay muebles, Sir Andreau ha creado torres con libros que por la altura pareciesen estar a un soplido de derrumbarse.

—Por favor, siéntese apreciado Eduard —dice Sir Andreau retirando con diligencia una pila de textos que reposaba sobre un desgastado sofá de rojas telas.

Al sentarme, noto que la sala está compuesta solamente por este sofá, un gran sillón de formas góticas y una pequeña mesa plegable.

—Perdone que no le ofrezca mi sillón, pero éste se ha amoldado a mi cuerpo por décadas y no quiero que pierda la forma.

—No hay problema, este sofá es muy cómodo —le respondo con sinceridad.

—Lo noto un poco meditabundo, seguro está pensando que mi casa no es como se la imaginaba.

—No se ofenda, señor, pero la imaginaba compulsivamente organizada. Usted es demasiado estricto y metódico con todo y además, es bastante exigente con lo que a apariencia y estética compete.

—Jejeje. Tiene usted toda la razón, la verdad es que alguien como yo sufriría todos los días al ver este desorden, pero una vez que lo pude comprender y se convirtió en parte de mis días, dejó de parecerme horrible. Tal parece que la costumbre es peor que un opiáceo, capaz de nublar el juicio respecto de lo que está bien y lo que está mal, de lo que es bello y lo que es grotesco… a muchos les sucede con el gusto hacia las mujeres cuando beben —Sir Andreau parece perderse por un segundo en sus reflexiones—. ¡Qué grosero soy! ¿Vodka, no es así?

—Sí, gracias.

—Hay quienes dicen que la mente de una persona es tan ordenada como lo es su lugar de trabajo y eso me complace, no porque signifique que mi mente es un caos, sino porque de ser cierto, entonces mi mente es un lugar que sólo yo soy capaz de comprender, jejeje —dice mientras va sirviendo las bebidas en la pequeña cocina.

—Entiendo, por muchos años la forma en que ha resuelto cada misterio se ha convertido en una leyenda y eso es precisamente por lo celoso que ha sido con su mente y su vida íntima.

—Usted es la primera persona en conocer mi casa, Eduard. Ha ganado este nivel de confianza no sólo por sus años de servicio y compañía, sino también porque veo un corazón noble en su interior —dice extendiéndome un vaso rebosante de vodka.

—Me halaga, señor.

En ocasiones no sé qué decir, a pesar de tantos años y de tanta confianza, la presencia de mi colega me sigue intimidando y el respeto que le debo hace que mida cada palabra que digo; no obstante, los tragos que por horas hemos bebido hacen su tarea y las palabras van fluyendo mágicamente, cada vez más. Sir Andreau me habla sobre su decisión de ser célibe y alejarse de las mujeres por la delicada condición de su profesión. También confiesa que es un huérfano maltratado por sus iguales cuando era tan solo un niño a causa de su inteligencia y, para finalizar, termina por contarme cómo logró incorporarse por sus propios medios a un colegio público, mismo lugar donde conoció a Louis.

Ahora que los tragos de coñac y vodka casi superan, en número, los años que llevamos compartiendo como colegas y ahora que se ha mostrado abierto y transparente con sus historias más secretas, me aventuro a preguntarle sobre la forma en que ha resuelto todos y cada uno de los casos en los que hemos trabajado juntos. Para mi sorpresa, Sir Andreau revela sus deducciones sin escatimar en detalles, sin desconfiar de mí y yo aplaudo cada historia que me comparte. Cada historia reflejaba su astucia, su inteligencia y una capacidad asombrosa de entrelazar datos y pistas aparentemente aislados.

—Señor, sin duda su mente trabaja de una forma fuera de lo común; nadie hubiese obtenido aquellas conclusiones tan específicas a partir de detalles tan insignificantes, tan evidentes.

—Espero que no crea eso de que un pequeño duende me habla al oído revelándome cada uno de los casos, jejeje.

—No, por supuesto que no. Creo sin duda que todos tenemos un propósito en este mundo y que los talentos que usted posee para ver más allá de lo obvio son consecuentes a dicho fin superior. Usted posee el don de la verdad y su discernimiento.

—Estimado Eduard, habla usted con bastante sabiduría y madurez; es sorprendente la evolución que ha tenido desde que nos conocimos en la morgue —ambos reímos por lo presumido e hiriente del comentario.

—Supongo que esta "evolución" se la debo en gran parte a usted, señor; muchas gracias por ello. Pero ahora que hemos entrado en confianza, y que me ha revelado usted muchos de sus secretos, hay un caso en particular del cual siempre he querido saber… aunque yo no participé en él.

—¿Cuál sería? —Sir Andreau se sirve otro coñac.

—El caso de la Condesa y el collar de Alexandrite. Todos hablan de ese caso como un evento épico; en especial porque en dicha ocasión recibió usted el título de Sir.

—Debo confesarle que nunca supe si una Condesa tiene potestad para nombrar a alguien Sir —libera una de sus particulares risas— pero igual, ya tampoco me interesa. Puedo asegurarle que aquel título sólo ha servido para que mis colegas traten de ridiculizarme. Además, para serle más sincero aún, ese fue uno de mis casos más sencillos de resolver; no obstante, si es de su interés, le contaré paso a paso cómo lo resolví. No tengo problema.

—¡Estupendo! Empecemos ¿Cómo descartó a más de doscientas personas chequeando sólo sus manos?

—"Chequear las manos" fue lo que los espectadores vieron; pero las manos no eran lo más importante. Para cometer el crimen, el ladrón usó guantes y no dejó huella alguna excepto pequeñas hebras blancas sobre la superficie de la caja fuerte que la verdad, no eran útiles para dilucidar algo. Pese a esto, sí dejó una impresión de su mano generada por el sudor de su nerviosismo, la cual no se molestó en limpiar porque estaba confiado en que los guantes le evitarían dejar cualquier tipo de rastro; no obstante, en el dedo índice se cortaba la impresión levemente, sugiriendo la presencia de un anillo. Esa fue la primera pista clara que obtuve.

—Pero me acaba de decir que las manos no eran lo más importante.

—¡Oh, sí! A pesar de que el bandido no forzó la caja fuerte, sí se tardó más tiempo del normal: unos cinco a ocho minutos, calculé; esto debido a las profundas huellas que dejó con sus pies en la moqueta. Las huellas eran particularmente grandes, lo que de inmediato me hizo saber que se trataba de un hombre y además, estaban ligeramente inclinadas hacia adentro, lo que sugería la condición conocida como "pisada pronadora".

—Entonces ya tenía como sospechoso a un hombre que usaba un anillo en el dedo índice y con pisada defectuosa. Eso descartaba a muchísimas personas.

—Así es. Cuando revisaba las manos de los asistentes en busca de anillos, en realidad también analizaba sus pies; en ocasiones los hacía dar un paso hacia adelante para notar mejor sus pisadas. A veces finjo analizar algo, cuando en realidad estoy siguiendo una pista totalmente distinta. Ante una multitud como aquella, tenía que ocultar mis intenciones y al examinar las manos, nadie notó que me concentraba en los pies bajo ellas.

—Y ¿veinte personas tenían estas características? —continúo preguntando con sincera emoción.

—No, sólo una. Cuando llegó el turno del socio de la Condesa, él no traía anillo; pero en su dedo se veía la marca pálida que deja el usar este tipo de joyas por mucho tiempo. De inmediato supe que era él. Además de sus pies notablemente inclinados hacia adentro, él presentía que el anillo lo incriminaría y por eso se lo quitó para el interrogatorio. Sólo el culpable sabría con exactitud qué huellas debía procurar borrar.

—Pero si de inmediato supo que era él ¿por qué lo separó junto a veinte personas más?

—Porque comprendí que él no estaba solo. Él sabía todos los números de la caja fuerte, pero no tenía la combinación exacta. Tardó mucho tiempo en abrirla, lo que significaba que alguien había estado viendo como la condesa la operaba una y otra vez, en varias ocasiones. Era obvio que la condesa nunca haría este procedimiento de abrir y cerrar su caja fuerte frente a un socio, aun cuando fuesen amigos íntimos; ya sabe, por el celo económico que toda persona millonaria posee. En cambio, sí lo podría hacer frente a una persona de la cual no desconfiara o porque le considerase de gran estima, con poca avaricia o con poca inteligencia para descifrar el funcionamiento de aquel mecanismo. Elegí a algunas personas al azar, entre esas tres de los empleados más fieles de la Condesa y los pocos familiares asistentes, para disimular mi descubrimiento respecto al socio.

—Brillante. Cuando los interrogó ¿qué les preguntó? ¿cómo seleccionó justo a la otra persona culpable?

—Hice tres preguntas solamente: confirmé sus nombres, luego pregunté si pensaban frecuentemente en las riquezas y finalmente les pregunté si serían capaces de hurtar algo a la Condesa.

—No entiendo... ¿por qué los nombres y lo de la riqueza?

—Al confirmar el nombre, ellos me respondían usando su nombre real. Luego, al preguntar sobre su avaricia, era obvio que ninguna persona sospechosa de un robo contestaría lo mucho que piensa en el dinero. Todos, en este mundo de apariencias, necesidades creadas y egos, nos preocupamos por el dinero. De esa forma ya tenía la reacción de cada interrogado cuando respondía algo cierto y cuando respondía algo falso. Con la tercera pregunta ya sólo era cuestión de comparar, con las dos primeras, su reacción al responder.

—¡Vaya! Fue una estrategia muy arriesgada y no tengo dudas que nadie más hubiese podido idear algo así —me detengo unos segundos a procesar toda la información recibida—. Entonces supo que ellos dos mintieron cuando les preguntó si habían robado a la Condesa.

—No. La prueba no salió tan fácil de evaluar como pensé; en algunos casos, tuve que formular preguntas adicionales que tuviesen obvias respuestas. Pero, por un lado, yo no tenía dudas de la culpabilidad del socio de la condesa y, por el otro, la empleada culpable entró en un estado de nerviosismo tan exagerado que no pudo contener el temblor de sus manos y labios, ni el sudor que se asomaba por toda su frente. Eso fue más que suficiente para saber que ella estaba implicada. Decidí entonces que la mejor forma de atraparlos era con las manos en la masa, así que se me ocurrió dejarlos salir por sus ropas de la noche anterior. El hombre fue tan básico y torpe que intentó escapar con la joya entre su equipaje tan pronto tuvo oportunidad; mientras que la sirvienta fue más analítica y no se dejó amedrentar por mis sospechas, recogiendo su ropa de la noche anterior y presentándose ante mi llamado, tal como habíamos convenido.

—Increíble. Lamentablemente el muy desagraciado terminó involucrándola también.

—Así es. Hay quienes sabiendo que jamás podrán salir del infortunio, adquieren como único consuelo el arrastrar con ellos a cuantos más puedan.

—Sin duda posee usted un don para descifrar lo oculto y para filosofar también.

—Nada es mío, Eduard. No son míos mis talentos, ni mis capacidades, ni mi inteligencia, ni mi salud y mucho menos mi vida; todo aquello es un préstamo de arriba para alcanzar una misión que va más allá de mi propia alegría. Nada es mío. No son mías mi belleza, mi riqueza, mi juventud, ni las tierras que pisas; todas ellas mueren, son el préstamo temporal de abajo, con el que pretenden chantajearme. para que olvide mi misión, algún día.

—¡Vaya! El alcohol le confiere una espléndida oratoria, señor. Acaso ¿cree que alguien quiera alejarlo de su misión en la vida?

—Se necesita ser maligno y muy deletéreo para vivir desviando de su misión trascendental a otros, ese trabajo ya lo tienen las huestes de la oscuridad: la corrupción, el deleite, la avaricia, la envidia… —Sir Andreau trata de enfocar su mirada al cielo, pero al parecer el undécimo coñac que bebe, ya con pequeños sorbos, le dificulta sus intenciones y hace su hablar cada vez más pausado—. Usted lo ha dicho, Eduard: "Todos tenemos un propósito" y nadie nunca me apartará del mío. Si lo que pretende usted es traer a colación nuevamente al tal Andreau oscuro, déjeme decirle que él no me ha apartado de mi camino ni de mi misión; creo simplemente que ambos tenemos misiones distintas, no necesariamente contrarias, sólo distintas. Yo jamás me cansaré de luchar por la verdad, aunque él trate mil veces de desvirtuarla.

—¿Cree que él trabaje para estas "huestes" oscuras?

—No. Creo que él trabaja para sí mismo.

—Andreau, y entonces ¿usted para quién trabaja? —me atrevo a preguntarle, a lo que él contesta sin titubear:

—Para los inocentes... para el equilibrio de todo cuanto existe.

Inmediatamente después de tan particular respuesta, Sir Andreau cae profundamente dormido. Yo no tomé tanto como mi colega, aunque siento cierta molestia por la forma en que mi cerebro da vueltas y vueltas entre mi cráneo. Allí, inmóvil, esperando alguna reacción de su parte, me doy cuenta que ya es hora de ir cada uno a descansar y que ante tanta hospitalidad, es mi deber el ayudarlo llegar a su cama. Si tan sólo supiera dónde queda.

Me levanto con dificultad del rojo sofá, no sólo desequilibrado sino también dolorido «pues hasta la holgazanería suele ser dolorosa en esta vida» y me dirijo a la primera de las tres puertas en la sala buscando la habitación de Sir Andreau. La primera resulta corresponder al cuarto de baño y, aunque no es el cuarto que busco, aprovecho y hago uso de él para liberar por completo la presión de mi acosada vejiga. Mientras termino de abrochar mi pantalón, me dirijo a la puerta del medio con un poco más de equilibrio y lucidez que minutos antes; pero cuando la abro, tampoco es la habitación de Sir Andreau lo que encuentro tras ella. Al abrir la segunda puerta, el terror se apodera de todo mi cuerpo y por poco caigo desmayado. No lo puedo creer, los latidos de mi corazón se aceleran conforme empujo más y más el picaporte y amplío el panorama ante mí. Al abrir la segunda puerta, teniendo todo el horizonte despejado frente a mis ojos, me topo con una verdad que me aterroriza de inmediato y que jamás se me hubiese ocurrido pudiese materializarse. La piel se me eriza, mis pupilas se dilatan y unas nauseas, peores a las causadas por el vodka, me corroen las entrañas. Me siento petrificado con lo que mis ojos atestiguan y aunque mi cuerpo no quisiese dar un paso más, aun así debo entrar a la habitación para cerciorarme que mis sospechas son ciertas. Como si mi vista no fuese prueba suficiente, extiendo mis manos esperando poder palpar la verdad, sumergiéndome paso a paso en el interior del cuarto.

Es un cuarto oscuro, tétrico y sucio, en el que una sola lamparilla ilumina todo el horror que me rodea. Hay varias mesas, sólo una silla, y como si cada mueble fuese una estación de oscuras revelaciones, me abro paso lentamente acariciando con la palma de mi mano las distintas superficies de madera y examinando lo que en ellas reposa. En la primera mesa contemplo un montaje de laboratorio botánico en el que, al parecer, se ha logrado sintetizar la quintaesencia de varias flores y plantas. Rodeado de tantos tubos de ensayo, pipetas, embudos y otros elementos de cristal, me detengo a pensar en lo irónico que es examinar unas jeringas de diferente tamaño a modo de colección, y que sea el pánico lo que me punza.

Camino en dirección a la siguiente mesa, la cual, a diferencia de la primera, carece de toda presunción científica y de sus modernos instrumentos vítreos. Esta estación en cambio, es similar a un pequeño taller mecánico atiborrado de herramientas, engranajes, bisagras y uno que otro artefacto, al parecer diseñado y ensamblado por Sir Andreau. Esta mesa tendría poco de amenazadora u hostil, si no fuese por la gran cantidad de pólvora y otros explosivos con los que aparentemente se ha estado experimentando en ella.

Avanzo un poco más, pero en esta tercera mesa tan sólo hallo documentos, libros y carpetas deterioradas por acción del tiempo y las termitas. Echo una ojeada rápida a los apuntes tomados por Sir Andreau y me dejo inquietar por dos sobres similares que han sido intencionalmente separados de todo lo demás. Chequeo el contenido de estos dos sobres y noto que Sir Andreau los ha manipulado bastante, lo que se hace evidente por lo arrugado y manchado que se encuentra el material. Extraigo los documentos y trato de ojearlos uno por uno. Mis manos fallan y dejo caer parte del contenido en el suelo, pues me impresiono al ver que uno de los documentos corresponde al expediente que me abrieron cuando entré a trabajar en la morgue, diez años atrás. El expediente de Louis, que en paz descanse, lo extraigo del otro sobre. Al descubrir mis documentos e historial allí, objetos de revisión continua por parte de Sir Andreau, entiendo que ya no dispongo de mucho tiempo, que ya no hace falta inspeccionar las demás mesas en la habitación y que debo actuar antes que mi compañero recobre la consciencia. Debo hacer algo… y pronto. Llamar a la policía, es lo único que puedo hacer.

¿Qué habita en nuestro interior? ¿Somos luz o sombra? ¿Somos acaso, una mezcla infinitamente variable de ambas? No somos lo que otros ven; al contrario, somos lo que ocultamos, somos lo que escondemos tras la sonrisa, somos lo guardamos en el fondo de una lágrima, somos lo que pensamos y no decimos, somos del color que tiene nuestra alma.

Para cuando llega la patrulla de policía, Sir Andreau continúa dormido, sentado en su sillón favorito. Abre ligeramente los ojos y al ver algunos rostros conocidos de la fuerza policiaca, de pie frente a él, extiende sumisamente sus manos. Los agentes le colocan con cierta duda las esposas en la muñeca y no pueden ocultar su incomodidad al gestionar un arresto sobre alguien que por tantos años ha servido con honores a la resolución de los más difíciles crímenes. Sir Andreau no opone resistencia, se marcha tranquilo y con una sonrisa en sus labios, como cuando se acepta un destino ya previsto. Me inquieta su mirada fija en la mía, más profunda y desafiante que de costumbre.

—Pronto nos veremos, Eduard —es lo único que dice Sir Andreau antes de montarse en la patrulla, escoltado por dos policías.

—Aún no puedo creer que el mejor detective de esta ciudad sea un asesino —me confiesa uno de los agentes que apoyó el arresto—. Yo le conocía desde hace mucho, o al menos su reputación, y podría asegurar que ese cuarto lleno de experimentos y juguetes lo tiene porque le gusta ponerse en el contexto de los delincuentes y recrear los casos con exactitud, desde todos los puntos de vista.

—Bueno, yo le conozco personalmente y puedo asegurarle que uno nunca termina de conocer a la gente, oficial. Todos llevamos dentro a un caballero oculto.

LONDRES, Julio 7 de 1914.

Hoy me levanté como todos los días. Ordené mi cama, afeité mi barba, tomé una ducha, desayuné huevos revueltos, me cepillé los dientes, leí el periódico y me disponía a hacer un turno extra en la morgue; hasta que recibí una carta, en un sobre blanco, que cambió mis planes por completo. Aún la sostengo en mis manos, incapaz de dejar de leer la única línea que contiene:

"*Espero su visita hoy en la cárcel, estimado Eduard*"

Sin duda se trata de la carta que colocó Sir Andreau ayer en la oficina de correos, lo cual no deja de sorprenderme. Acaso ¿sabía de antemano todo lo que iba a suceder? Lo que hizo anoche ¿Fue una estrategia para resolver algún caso y no una rendición de su parte? Éstos son algunos de los muchos cuestionamientos que tengo para Sir Andreau y como sólo existe una forma de responderlos, embarco el primer carruaje con dirección a la prisión de Pentonville, en la que lo ingresaron a primera hora de la madrugada.

Tras cruzar todos los filtros de acceso para visitantes, tan engorrosos, humillantes y demorados que preferiría no tener que recordarlos y mucho menos repetirlos, un par de oficiales me conducen hasta un pequeño salón de paredes blancas y una mesa metálica rectangular con dos sillas separadas en sus extremos más lejanos. Cinco minutos después Sir Andreau ingresa por un portón diferente al que yo entré, acomodándose frente a mí con unas esposas brillando en sus muñecas y grilletes rechinando en sus tobillos. Le cuesta trabajo sentarse con los grilletes puestos, pero finalmente lo logra. Los policías que lo acompañaban, junto con los que me acompañaban a mí, abandonan la habitación.

—Gracias por venir, Eduard, o debo decir: ¿Andreau Negro? —una sensación de intenso frío se apodera de mi nuca.

—¿Cómo sabía que hoy usted estaría aquí, señor? —Respondo intentando evadir su acusación. El miedo invade todo mi cuerpo ¿o es acaso la culpa la que me acosa?

—La verdad es que no lo sabía con certeza; pero supongo que debo agradecerle por no haberme asesinado mientras dormía.

—No soy un asesino de inocentes —le respondo con tono agresivo—. ¿Hace cuánto tiempo que lo sabe todo?

—Desde el segundo caso en que trabajamos juntos, el caso del hombre obeso del que ya no recordamos el nombre —hace su risa habitual—. La primera vez que examiné aquel cuerpo, durante su levantamiento, noté que tenía rastros de carne y sangre entre las uñas, era evidente que hubo un forcejeo entre él y su asesino; no obstante, tras la muerte de Louis, cuando inspeccioné por segunda vez el cuerpo en la morgue junto a usted, alguien había limpiado los dedos y otras marcas que hubiesen servido como evidencia. Hablando de Louis, alma bendita, aprovecho para preguntar ¿usted lo mató?

—No, lo de Louis fue una muerte muy conveniente. Pero no, yo no lo maté. Se lo aseguro —aclaro nuevamente.

—"Conveniente" porque pudo borrar toda pista incriminatoria en su contra, sin nadie que lo vigilase.

—Ya había visto sus habilidades en acción y sabía de lo que podía usted concluir con pocas pistas. Con esos antecedentes, no era sensato dejar cabos sueltos.

—Eso es un alivio, Eduard. Siempre sospeché que usted había asesinado a Louis y eso me mortificaba cada mañana. Gracias también por los halagos.

—Le repito, señor… Sir Andreau... Andreau… como sea. No soy un burdo asesino. Pero aún no me ha dicho por qué llegó a la conclusión que yo era el Andreau Oscuro. Por favor, concédame el placer de atestiguar el proceso completo de su descubrimiento.

—Muy bien. No veo razón para no compartir con usted cómo lo descubrí. Yo sabía de antemano que quién intentó inculpar a Boris Graves y asesinó al obeso, era un hombre con amplios conocimientos en medicina. Por otro lado, estaba muy seguro que lo que se ocultaba detrás del caso de Boris y Carol Stuart se trataba nada más y nada menos que de una trama pasional y, por la rigurosidad y sevicia con la que se efectuó cada acción, supe de inmediato que fueron obra directa de la misma persona involucrada sentimentalmente con Carol —Sir Andreau rasca su nariz y por las esposas se ve forzado a subir ambas manos a la altura de su barbilla—. Estuve investigando y Carol era una mujer muy hogareña, salía poco de casa y no pertenecía a ningún grupo social y, aunque era decoradora de interiores, no ejercía ya esta labor. Encontrar al rufián se hizo más sencillo de lo que pensé. Los sospechosos se habían reducido a un médico o científico que viviera o frecuentara la zona en que Carol vivía…

—Allí fue cuando solicitó los expedientes de todos los médicos y científicos de la ciudad —interrumpí.

—Sí. La lista no era muy extensa y por alguna inexplicable razón, intuición tal vez, empecé por el personal de la morgue. Al examinar todos los expedientes de los médicos que trabajaban allí ¿sabe qué encontré?

—Mi expediente —le respondo sin titubear.

—¡No! Al contrario, encontré que su expediente había desaparecido a pesar de lo reciente de su contratación. Allí supe de inmediato que algo no estaba bien con usted, quien además era el nuevo médico forense encargado del caso. Había memorizado el número de registro profesional cuyo expediente se había extraviado y cuando vi el mismo número en su bata, mientras le practicaba la autopsia a Carol Stuart, até cabos. Sin embargo, tuve que investigar un poco más. Traté de localizar sus certificados universitarios y hasta escolares, sus antiguos empleos, sus referencias familiares

¡todo! y aunque pensé que ya no tendría suerte, pues parecía que sus datos los hubiesen desaparecido, al final di con un poco de información suya, unas copias de viejos registros. Ahí encontré su antigua dirección, ubicada justo a tres edificios del de Carol y Boris. Tras armar un nuevo expediente suyo, se convirtió usted en mi principal sospechoso; no obstante, mis sospechas quedaron constatadas cuando usted limpió las manos del cuerpo obeso. En vez de borrar la evidencia que lo culpaba como creyó que hizo, se incriminó por completo.

—Si ya lo sabía… si lo supo desde el comienzo ¿por qué me contrató? ¿por qué arriesgarse a trabajar conmigo durante tantos años?

—Porque todos los misterios de este mundo quizá me son evidentes, excepto el de por qué uno de los hombres más inteligentes y talentosos que existen, querría convertirse en un asesino en serie.

—Me halaga; pero usted no lo entendería, Sir. Usted nunca ha amado.

—¿Fue amor entonces?

—Sí, yo la amaba.

—¿A Carol Stuart?

—Sí.

—Eran amantes...

—No, jamás la toqué. Lo nuestro fue otro tipo de intimidad, esa en la que se revelan dos corazones y dos vidas sin límites ni reservas, más allá del contacto físico.

—No entiendo…

—Aunque me alegra en sobremanera escuchar por primera vez esa afirmación de su boca, le advertí de antemano que no lo entendería, Sir Andreau. Carol era una mujer como ninguna otra: una dama en toda su extensión; íntegra, noble, compasiva, elegante… hermosa. Boris no sabía lo que tenía a su lado, él la engañaba y lo peor de todo es que era un cerdo que la traicionaba con pequeñas niñas, niñas de su iglesia que no superaban los quince años.

—Eso es horrible; pero nada justifica tomar una vida, debe entend…

—¿Su madre fue maltratada por años? ¿Su hermana fue violada por su padrastro? ¿Sabe usted lo que es crecer siendo torturado todas las noches y ser testigo de la tortura hacia quienes más se ama? ¡Para alguien que ha sufrido injustamente toda su vida, por culpa de otros, por culpa de aquellos que atacan a los más vulnerables, muchas cosas podrían justificarse! —golpeo la fría mesa con la palma de mi mano y el metal en ella hace un estruendoso ruido. Los guardias se asoman por una pequeña rendija en una de las puertas. Noto también que un hilo de lágrimas empieza a descender por mis mejillas, pero prefiero ignorarlo todo—. ¡No me pida que entienda! Yo intenté hacer algo, intenté que se hiciera justicia ¡Pero al final ese enfermo e infiel quedó libre! ¡Usted lo ayudó a salir impune!

—Yo, yo no… yo no sabía —Sir Andreau se ve confuso y preocupado. Reconozco que su reacción es sincera.

—Yo no quería matarlo, quería darle una lección, quería que pagara por lo que hizo y que se supiera la verdad. Carol se suicidó porque no podía tolerarlo más, porque era tan buena mujer que no quería dejarlo. Ella creía en el matrimonio eterno y nunca se imaginó que las amantes de su esposo eran apenas unas niñas. Cuando supo que Boris la traicionaba, ella me lo contó todo. Ella me contó que tarde o temprano se suicidaría, que seguro lo haría esa noche, y que ni siquiera yo podía convencerla de lo contrario. Yo quise darle una lección a Boris Graves de mi propia mano, porque la justicia de este mundo no sirve ¡No sirve!

—Entonces empezó a matar…

—¡No! Lo del hombre obeso se me salió de las manos. Era un maldito violador que abordaba a mujeres y abusaba de ellas en los callejones. Quise hacer lo mismo que con Boris: dormirlo y luego exponer todos sus pecados y culpas; pero por su tamaño fallé en el cálculo de la dosis sedante, se despertó antes de tiempo y me atacó. Usted sabe muy bien que no soy bueno en combate físico, como comprobó en algunas de nuestras misiones; no obstante, tras controlar al sujeto, no tuve más opción que asfixiarlo hasta la muerte. Salí huyendo de allí y no me alcanzó el tiempo para demostrar la clase de monstruo que él era.

—La muerte no es un castigo, Eduard, nunca lo será. En algunos casos la muerte es un privilegio.

—Eso no lo sabemos, nadie lo sabe. Cuando supe que Boris Graves quedaría libre, entendí que la muerte era la mejor forma de hacer justicia.

—Hay una gran diferencia entre justicia y venganza, entre hacer justicia y desquitarse con otros por traumas de la niñez. No nos corresponde a nosotros hacer justicia, en nuestras manos sólo está obtener la verdad.

—Y por eso mismo le estaré por siempre agradecido, Sir Andreau; el primer paso para lograr la justicia es conocer la verdad. Usted revelaba la verdad y yo hacía justicia, por eso éramos la pareja perfecta. Tenía razón cuando afirmó que nuestras misiones en la vida eran distintas y no contrarias, ahora lo veo claro.

—Creo que está usted tratando de justificar sus actos, Eduard. Todos los asesinatos que cometió ¿los cometió en defensa de las mujeres? El amo de Duván…

—El amo de Duván ¡Su amigo! señor, no era más que un borracho que golpeaba a prostitutas y cometía toda clase de vejámenes en contra de ellas. El poder y el dinero lo agobiaban creyendo que podía pasar por encima de cualquier mujer que se le antojara, aun las que no eran rameras.

—Algo así había oído de él; pero nuevamente, Eduard, mi trabajo no era juzgarlo.

—No, Sir Andreau, su trabajo se limitaba a resolver casos y recibir el pago.

—¡Claro que no! Yo decidí ser investigador para ayudar a las personas y, como cualquier otro trabajo, lo hacía para beneficio de la sociedad. El recibir una paga por ello sólo era una mínima retribución a mi esfuerzo y conocimientos... —Sir Andreau agacha la cabeza y suspira— ...pero fallé.

—Falló porque con su gran inteligencia creía que hacía lo correcto cuando en realidad sólo cumplía con lo que le correspondía; pero la verdad es que podía hacer más, mucho más.

—No, fallé porque además de confiar en usted, creí que podía hacerlo entrar en razón. Yo sabía que usted tenía motivaciones profundas para hacer lo que hacía, sabía que usted albergaba nobleza en su interior y también sabía que nunca me haría daño, lo demostró en varios casos: lo demostró con los explosivos en Bullsmoor y lo demostró en mi casa cuando al darse cuenta que yo ya sabía la verdad, en vez de matarme, llamó a la policía poniendo en riesgo su propia libertad. Yo quería saber qué lo movía a hacer todo lo que hizo, lo necesitaba saber. Por eso permití que pasara todo lo que pasó hasta que estuviésemos aquí juntos, teniendo esta conversación.

—Yo le admiro profundamente, señor, y en todo fui sincero con usted. De no ser por su misión en la vida, yo no habría descubierto la mía.

—Eligió usted una misión de vida nefasta y por ende: errónea.

—Yo hago lo correcto, señor.

—No vale la pena discutir qué está bien y que no; pero ¿Entiende usted que éste es el fin de nuestra amistad y de nuestra sociedad?

—Lo entiendo.

—¿Sabe usted que muy pronto me las ingeniaré para salir de esta cárcel, de una forma u otra, y revelaré la verdad sobre sus crímenes?

—Lo sé y le estaré esperando.

—Tenga algo muy claro: No existe ningún crimen perfecto, pues toda muerte y toda vida siempre dejan huella. Aún si se hubiese salido con la suya, en el caso de Carol, las heridas que debió dejar en su mente y su corazón el haber lacerado varias veces aquel cuerpo inerte, seguro permanecerán frescas y lastimando por siempre. No hay peores huellas que esas, las marcadas por el látigo de la conciencia.

—Son mi tormento y mi prisión, cada mañana —contesto con opresión en mi pecho.

—Hay muchos como yo, con la habilidad de percibir las estelas humanas, las luminosas y las oscuras. Tengo conocimiento de dos predecesores míos, uno aquí en Londres y otro en París, quienes eran el doble de hábiles que yo. No cabe duda que existen algunos, incluso más jóvenes, capaces de descubrir sus pasos y llevarlo ante la justicia.

—Aprendí mucho de usted, señor. Usted fue un experto en descubrir la verdad y algún día yo seré un experto en ocultarla —le interrumpo—. Por otro lado, mientras usted se encuentre preso, yo soy la justicia.

—Muy bien. Noto que la arrogancia lo está enceguenciendo; se suponía que ese era mi defecto y no el suyo. En ese caso, creo que ya no tenemos más qué discutir, Eduard. Sabe usted que no saldrá bien librado de esta contienda, aun cuando le ofrecí más de diez años de ventaja.

—Aprovecharé los pocos días que me quedan de esa ventaja. Fue un placer servirle, señor.

—Muchos murmuraban que un demonio me hablaba al oído revelándome cada caso atendido; pero tal parece que ese demonio en realidad le habla a usted —suspira—. En estas circunstancias ya no sabría decirle si fue un placer, Eduard. Cuídese de los consejos que le susurran al oído.

—Adiós.

—Adiós.

Abandono la blanca sala en silencio, sin mirar atrás, sin remordimientos. Sé muy bien que Sir Andreau encontrará la forma de salir de la cárcel y que se las ingeniará para enviarme aquí después, como otro infame prisionero más. Todo lo sucedido desde anoche me lleva a concluir que no puedo cometer errores de aquí en adelante, que debo ser perfecto, que debo ser profesional como Sir Andreau lo fue en sus mejores épocas; pero en mi caso, lo haré para castigar a los opresores. No debo dejar huellas, tampoco en mi conciencia.

Mientras cruzo la salida de Pentoville, observo como un guardia de seguridad requisa a una visitante de forma abusiva y morbosa. Toca a la indefensa mujer más de la cuenta y se regodea en su crapulencia mientras ella sufre humillada, dejando salir una pequeña lágrima de su ojo derecho. Testigo de la grotesca escena, me dirijo de inmediato al guarda y le interrumpo:

—Disculpe ¿me podría indicar dónde queda la salida?

—La está usted viendo —respondió con tono altanero y burlón mientras señalaba el portón junto a mí.

—Oh, muchas gracias. Puedo notar que este es de sus primeros días aquí, oficial.

—¿Qué? ¿Cómo lo supo?

—Por el bordado de su número policial. Además, su uniforme luce bastante nuevo. Sus compañeros están usando ropas más viejas y desgastadas, lo cual indica que aún no es época para entrega de dotación.

—Pues lo felicito, es usted muy observador. Avance por favor ¡avance! No tengo tiempo de charlar —la mujer acosada se le escapa de las manos y se escabulle entre la multitud que ingresa al lugar.

—Tiene razón. Que tenga muchos éxitos en su nuevo trabajo, oficial—. Me retiro rápidamente y mientras camino, tomo una pluma y un papel para anotar el número de registro que memoricé al acercarme al guardia. Con ese número tendré acceso al nombre del guardia, con el nombre a su expediente y con el expediente a su dirección. ¡Qué fácil es hacer justicia! Y qué difícil es encontrar a alguien interesado en practicarla. No tengo tiempo que perder, seguiré perfeccionando mis técnicas y continuaré con mi misión de vida todas las noches, de ser posible.

Sólo espero llegar temprano a casa, antes del amanecer. Tengo un libro de refranes, frases y aforismos pendiente por leer.

SUCUBUS

JORGE ANDRÉS LOZANO RIVAS
2005

SUCUBUS

El sexo es la representación
tangible y terrenal del amor.
El sexo es igual que el amor
pero sin su paz, sin su luz, sin su altruismo y
sin su eternidad.
Jorge Lozano

La belleza infinita que poseía se esfumó con su última exhalación. Fue una exhalación entrecortada, tortuosa, agobiante; si era imposible para el aire ingresar a ese cuerpo agonizante, también le era imposible salir. Aun así el último aliento, la porción final de oxígeno que yacía en sus pulmones, se abrió camino entre sus órganos internos hasta rozar sus brillantes labios para fundirse, finalmente, con la eternidad. Su nombre era Sajati, la mujer más hermosa del prostíbulo y quizá de la ciudad entera ¡No! La más hermosa del país, del mundo o, seguramente, de la galaxia; al menos así lo aseguraba Javier Santana antes de ahorcarla con sus propias manos y, aún después de despojarla de su alma, de la esencia vital que le confería la verdadera belleza, él la seguía deseando. Javier Santana sentía un deseo tan fuerte y enfermizo por aquella joven fémina, que decidió profanar su cuerpo ahora frío, descolorido y adusto, una vez más. Aunque aquel hombre había soñado por años con aquel sublime momento en el que desfogara su masculinidad y compartiera una porción de existencia con aquella perfecta mujer, se sintió más vació y humillado que la primera vez. En esta ocasión no hubo gemidos falsos ni secreciones insulsas. Esta vez sólo hubo una masa inerte de carne descomponiéndose con el rítmico azotar de la ira, la demencia y la frustración.

Todas las noches de viernes, Javier Santana se camuflaba entre las luces multicolores de la misma mancebía para contemplar a una sola mujer, la misma de siempre. Hace un par de años había llegado allí por simple curiosidad, influenciado por la perversión de algunos compañeros de trabajo. El plan era compartir unos cuantos tragos, rodeados por la placentera diversidad que ofrecen varios pares de pechos femeninos dispuestos a todo; caso muy distinto al que aquellos hombres encontraban en sus hogares u oficina en donde, además del suplicio de la monotonía, las mujeres guardaban algo más de juicio y compostura. El prostíbulo es, sin duda alguna, un lugar carente de límites de cualquier tipo, excepto por el que impone la billetera masculina. Los colegas tomarían dos whiskies, propondrían algunos negocios, intercambiarían algunos clientes y volverían junto a sus leales esposas como si nada hubiese pasado, como si fuese el normal regreso de una dura jornada laboral. Así al menos lo pensó Javier la primera vez que accedió acompañar a sus compañeros; pero, como toda idea humana —vulnerable e incierta—, sus planes cambiaron cuando Sajati ascendió sobre la pasarela verde neón para ofrecer su sensual espectáculo de baile.

La joven prostituta no tendría más de 23 años. En su blanca e inmaculada piel no se evidenciaba rastro alguno de imperfección conocida. La música electrónica le concedía el compás a la chica de cabellos lisos y dorados para que se despojara de sus ropas con perfecta gracia y sincronía, confirmando con cada prenda retirada que no existían indicios de celulitis, estrías, flacidez ni gramo de piel sobrante ocultos bajo la negra seda que en otro momento de la noche le sirvió de abrigo. Para envidia de las muchas mujeres que compartían escenario con Sajati, su cuerpo delgado y tonificado era totalmente natural. Así era su cuerpo: tan fácil de describir pero tan imposible de imaginar, que era necesario estar allí, sentado frente al escenario, para poder comprender lo que significaba *perfección*. Por otro lado su rostro, una impecable simetría de grandes pómulos y expresivos ojos color miel, es más difícil de describir y por ende, aún más imposible —cabe la redundancia— de imaginar. Para descifrar su rostro sería necesario representar a un ángel tallando con delicadeza la compleja estructura de sus finos labios y moldeando en marfil puro la curvatura prolija de su nariz. Para resumir, Sajati era una diosa humanizada, perfecta en su ombligo y hasta en la inflexión del lóbulo auricular. Mientras ella bailaba con delicada sensualidad todos los hombres del lugar se enamoraban al instante, excepto por Javier; pues lo de aquel empresario fue más una repentina obsesión que nada tenía que ver con la admiración y mucho menos con el amor. Parecía que en el caso de Javier, lo que le conectó con Sajati fue un poder oscuro y libidinoso alejado de toda humana comprensión.

Javier estaba casado con Martha y ambos lo compartían todo: su vida, sus secretos y hasta un hijo de diez años de quien se sentían muy orgullosos. Martha era una buena mujer, recatada, femenina, sumisa y atractiva a su manera, sin pretensiones ni exageraciones. Tenía lo necesario para complacer y hacer feliz a cualquier hombre, incluso a uno tan exigente como su esposo; pero al parecer, después de conocer a Sajati, ya ninguna mujer podía ser suficiente para el sexo masculino y quizás eso bastaba para excusar a todo hombre. Se habían conocido en la secundaria y desde entonces habían estado juntos sin separarse, como una feliz pareja de esas perpetuas que ya poco existen.

Sería difícil poder explicar por qué Javier se había obsesionado con una mujer y peor aún, con una de tan ignominiosa procedencia; como si la belleza de una, fuese razón lo suficientemente poderosa para sobreponerla a la lealtad, el cariño y el tiempo invertido por otra. Las decisiones humanas son difíciles de entender, pues somos mitad razón y mitad sentimientos, dos segmentos que casi siempre están en desacuerdo. Martha le confería a Javier la oportunidad de una vida perfecta, sosegada, feliz; pero el hombre, un ser insatisfecho por naturaleza, incluso puede sentirse decepcionado hasta el hastío, de la perfección misma.

Bastó sólo un baile de Sajati, sólo una canción, para que Javier olvidara a Martha, a Martín su hijo e incluso, para olvidar quién era él mismo. Al verla bailando allí, con cada movimiento cuidadosamente ensayado y el exuberante cabello dorado serpenteando al ritmo de sus perfectos pechos, Javier sólo podía pensar en estimularla hasta hacer transpirar cada poro de su piel, evaporar la humedad generada en ella y, finalmente, limpiar toda la sal remanente con su lengua. Sajati era exquisita, y aquel hombre pensó que sería un pecado partir de este mundo sin probar de él su más hermoso y jugoso fruto.

La vida es una constante ironía y lo que para muchos es fácil, para otros es imposible. Sajati era una prostituta, sí, pues vendía su cuerpo para el goce del ojo masculino. Lo que desconocía Javier, es que nadie jamás había podido pagar el precio de su belleza y ella, usando aquel don que le permite a las mujeres detectar cuánto dinero es capaz de producir un hombre, colocaba a sus noches un precio imposible de pagar a quienquiera que la procurara. Javier era un hombre de negocios exitoso y hasta bien parecido, podía brindarse ciertos gustos y brindárselos a su familia también, tenía la capacidad para cerrar un negocio millonario y hacerse con una cuantiosa comisión; no obstante, cuando le preguntó a Sajati por el precio de una noche entre su cuerpo, ella solicitó una suma imposible de obtener para el empresario.

—¿Siete mil dólares? ¿por sólo una noche? —preguntó Javier impresionado.

—Siete mil dólares, por sólo una hora —corrigió ella susurrándole al oído.

—¿Acaso luzco tan horrendo como para que me exijas una cifra así? —insistió con algo de prepotencia.

—Vivimos en un mundo machista en el que la única belleza que importa es la de la mujer. Si quieres que sea sincera, te diré que tu apariencia es insignificante para nosotras—. En ese ambiente ruidoso, la respuesta de Sajati le pareció a Javier jactanciosa y grosera, aunque ingeniosa. Ella continuó: —quizás lo único que podría rescatar de ti son tus ojos. Me habría gustado nacer con ojos verdes como los tuyos. Dámelos y podrás tenerme cuando quieras.

A Javier le pareció nada gracioso el chiste de Sajati, de hecho lo tomó como un insulto más. Aunque no lo dijera en serio, al pedirle sus ojos ella le había propuesto un precio mucho más difícil de pagar que los siete mil dólares iniciales y de inmediato, Javier supo que cumplir sus anhelos libidinosos con la dulce jovencita sería una tarea quimérica. Abandonó el lugar de música ensordecedora y luces cegadoras, por primera vez, con algo de frustración acosándole en su pecho. Al cruzar las puertas del recinto recordó a su familia y la clase de hombre respetable que supuestamente era como si existiese un hechizo que actuaba sobre él y que perdió su poder al llegar al frío exterior de la madrugada; no obstante, intuyó que tarde o temprano sentiría dentro de él una necesidad imperante de volver allí. Tarde o temprano necesitaría volver a Sajati aunque fuese sólo para verla bailar.

Después de aquella noche casual con sus amigos en el deshonroso prostíbulo y como lo había predicho, la casualidad se convirtió en costumbre para Javier y todas las noches de viernes se le encontraba allí, a la misma hora, en la misma mesa y en primera fila para contemplar a Sajati. ¿Cómo renunciar a ese celestial e impoluto cuerpo? ¿Cómo no luchar por los deseos? Los verdes ojos de Javier se regocijaban en la imponente belleza de la inaccesible prostituta una vez por semana, mientras que los seis días restantes pensaba casi exclusivamente en ella. El desempeño en su trabajo empezó a decaer y su relación familiar se hacía cada día más inestable. A los ojos de Javier, él no estaba haciendo algo malo; al fin y al cabo, todos hemos tenido malos deseos y mientras se mantengan en el interior del pensamiento no se constituyen en pecado. «Nadie puede juzgar o culpar a otros por sus pensamientos» era lo que se repetía Javier una y otra vez cuando se sentía culpable por su dudoso proceder. Lo que aquel hombre no sabía es que el deseo es el primer paso del pecado, pues una energía tan poderosa como esa —la del deseo ferviente—, no puede permanecer sosegada tanto tiempo en una cabeza humana. El deseo nace en el hombre, se nutre de él y una vez que toma fuerzas suficientes para caminar por sí solo, la única forma en que puede morir es convirtiéndose en realidad. Un deseo que no desaparece pronto se convierte en insoportable tribulación y desdicha. De ahí la corta pero reconocida frase: "Cuidado con lo que deseas". Tantas semanas pensando en Sajati, y deseándola, terminaron por obsesionar a Javier y llevarlo al borde de la desesperación; aun así, las semanas se convirtieron en meses, los meses en años y justo días antes de cumplir el segundo de ellos, Javier ya había ahorrado los siete mil dólares que costaba una hora en el cuerpo de aquella jovencita. Al ver la pila de billetes arrumada sobre su escritorio, dos años de sufrimiento se vieron transformados, en la mente de Javier, en una noche de irresistible felicidad que los hicieron valer la pena. Aquel viernes en la oficina fue para Javier el día más largo de su vida; pero una vez que la oscuridad se apoderó del cielo, los minutos empezaron a trascurrir despiadadamente veloces. Se dirigió a su prostíbulo de costumbre con más velocidad aún que la que el propio tiempo alardeaba.

Como hacía cada viernes, se sentó en la mesa más cercana a la brillante pasarela. Esta vez se sentía diferente. Esta vez no lo carcomía la angustia que produce lo imposible y portaba una sonrisa de oreja a oreja. Su alto grado de autoconfianza le instó a pedir, al primer mesero que pasó por su lado, media botella del whiskey más costoso. Cuando Sajati apareció en escena y pasó de cerca a la mesa en que Javier disfrutaba de su escocés, de inmediato notó un brillo distinto en su mirada, aquel brillo que emiten los hombres cuando se sienten seguros económicamente y que sólo las mujeres, con su sexto sentido, pueden percibir.

—Te veo muy feliz hoy —atinó a decirle Sajati al oído mientras se sentaba envolviéndolo con sus piernas alrededor de la cintura y ofreciéndole también sus pechos, los cuáles él no dudó en intentar besar—. ¡No toques la mercancía sin pagarla! —le increpó la joven.

—Dime tu precio… lo pagaré con gusto.

—Ya lo conoces y sabes que no puedes pagarlo. Nadie puede.

—Yo sí, sólo dime tu puto precio —exigió nuevamente Javier, confiando en los siete mil dólares que reposaban repartidos en efectivo por varios de sus bolsillos. Su afán se hizo evidente.

—Para ti, sólo porque has sido un espectador frecuente de mis shows, son diez mil dólares —respondió ella con coqueta sonrisa.

—¡¿Qué?! Tú habías dicho que eran siete ¡Siete!

—Eso fue hace mucho tiempo, bebé —Sajati se incorporó y antes de volver a pasarela, le dijo algo más al ofendido Javier—. El tiempo cambia el precio de todas las cosas, incluso de las personas; pero debes saber también que lo que es imposible para alguien una vez, siempre lo será.

—Esto es una estafa, hablaré con el gerente de esta pocilga.

Javier se levantó de la mesa con insultos y alegatos que resultaban inútiles sabiendo de antemano que, en aquel lugar, las mujeres colocaban su propio precio y la casa era simplemente un intermediario que retenía la mitad del mismo. Pese a la humillación que sentía en lo más profundo de su ser, el mal genio le duró poco, pues siendo éste un sentimiento menos fuerte que el orgullo, tuvo la idea de recurrir a sus amigos y compañeros de trabajo para solicitar prestados los tres mil dólares faltantes, motivado también por la euforia y terquedad que suele proporcionar el alcohol. En menos de una hora Javier ya tenía 11 mil dólares en total, sumando el efectivo que llevaba encima y las cantidades procuradas por sus conocidos. No tenía claro cómo pagaría de vuelta el monto adeudado; pero no importaba. Por fin Sajati sería suya.

Una vez confirmada la transferencia de fondos a su cuenta, Javier se dirigió con impaciencia hasta donde se encontraba sentada la hermosa chica, cortando el denso humo del ambiente con su veloz paso. Osó tomarla del brazo y obligarla a levantarse del acolchonado sofá donde ella lisonjeaba con palabras a un obeso cliente. Sajati intentó liberarse del agresivo agarre pero fue inútil, Javier le superaba en fuerza.

Aun cuando Sajati se sintió zarandeada y ofendida por tal forcejeo, mantuvo la calma mientras caminaba halada por el ofuscado empresario.

—Supongo que ya tienes el dinero —dijo Sajati con sonrisa desdeñosa.

—Por supuesto, lo tengo completo.

—Muy bien, sabes que no podemos pasar a las habitaciones privadas si no me das los doce mil primero. La habitación tiene un costo adicional de cien.

—¡Doce mil! ¿Acaso estás loca? Tú me dijiste que eran diez —Javier entró en evidente desesperación y cólera—. ¡No eres más que una ladrona! ¡Puta!

—Todas las prostitutas somos ladronas por definición. Si somos capaces de vender nuestro cuerpo y nuestra alma, podemos hacer cualquier cosa por el dinero. Además, han pasado algunas horas desde que hablamos, "el tiempo aumenta el valor de las personas", ya te lo había dicho —repuso con sarcasmo.

—¿Y acaso te crees inmortal, niñita? Yo no pagaría doce mil ni por la más famosa de las cantantes, modelos o actrices.

—Por esa misma razón es que tampoco puedes pagar por mí —Javier reconoció que el modo de hablar de Sajati en ningún caso correspondía al de una persona ignorante y burda, lo que se esperaría de una jovencita de su baja procedencia.

El empresario cuyos verdes ojos destilaban reprimida ira, no tuvo más remedio que soltarla, aunque en ese momento hubiese querido abofetearla con todas sus fuerzas.

Es muy fácil reconocer una obsesión: se caracteriza por la rápida transición que puede ocurrir de la devoción al aborrecimiento o del amor al odio, y eso era precisamente lo que experimentaba Javier. La joven prostituta se había burlado de él y continuaba imponiéndole un precio absurdo e imposible pagar. El hombre había hecho su mayor esfuerzo, la visitaba todos los viernes sin falta y había esperado ahorrar por dos años para poder hundirse entre los indómitos abismos de su piel; pero fracasó, y ella no dejaba de reírse de aquel vano intento.

Sajati volvió a la mesa con el cliente que atendía momentos atrás. Su intención con el sujeto gordo era hacerlo consumir todo el licor posible y pedirle propinas para enviarlo finalmente, ebrio y sin dinero, de vuelta a casa.

Por otro lado, Javier volvió a su mesa y decidió gastarse quinientos dólares de su pequeña fortuna en más whiskey. Había caído en el error del que son frecuentemente víctimas la mayoría de hombres respecto a su dinero: confundir "sobrante" con "ilimitado". Un impulso le motivaba a regresar a casa como todos los clientes de burdel: borracho y sin efectivo, con el fin de olvidar tan amarga y humillante noche. Sin embargo, acercándose las 2:00 a.m., aún se sentía muy sobrio y rebosante de dinero; literalmente rebosante, pues por varios de sus bolsillos asomaban los paquetes de dólares que había elaborado con antelación, atados con cintas de papel y separados en paquetes de dos mil cada uno. Sí, Javier debió volver a su hogar con su esposa y con su hijo; pero en cambio, después de tanto pensar, después de tanto organizar una y otra vez las servilletas y los portavasos de su mesa y con quince tragos de whiskey en su estómago, tomó la mala decisión de esperar a que Sajati terminara su turno para seguirla hasta su casa. En ese instante no tenía claro para qué la seguiría ¿volvería a negociar con ella? ¿le pediría una rebaja? ¿la intimidaría para obligarla a aceptar su propuesta? No le importó porqué ni cómo lo haría, simplemente la siguió.

Sajati caminó cinco bloques hasta la estación de metro y allí tomó la ruta nocturna. Al salir de su estación de destino, caminó un bloque más hasta un paradero improvisado de taxis y finalmente llegó a su departamento, ubicado en un viejo edificio característico de los suburbios citadinos.

Javier la siguió de cerca durante todo el recorrido evitando ser visto por ella, incluso logró colarse al interior del edificio antes que la puerta automática se cerrara. Una vez dentro, se dio cuenta que tampoco había considerado la posibilidad de que Sajati viviera acompañada «¿y si tuviese esposo, hermanos, papá o todos los anteriores?» se preguntó ya cuando estaba frente a la puerta metálica que protegía la morada de aquella preciosa chica. La preocupación se disolvió rápidamente con la misma velocidad que el alcohol se evaporaba a través de su dermis. ¿Qué haría entonces? Javier se preguntó si debía golpear a la puerta, si debía tumbarla o si lo mejor era marcharse de allí de una buena vez y, justo cuando se estaba dando cuenta de su absurdo y desquiciado actuar, la puerta se abrió como empujada por el viento, como si el descuido de Sajati de asegurar la cerradura fuese para él una invitación a seguir adelante. Haciendo caso omiso a la recomendación de su conciencia que le dictaba abandonar el lugar, Javier empujó el frío metal y se abrió camino al interior del apartamento.

El apartamento de Sajati era más pequeño de lo que Javier imaginaba. «Una mujer tan costosa debería vivir rodeada de mayores lujos» pensó; y sin embargo, las paredes estaban cayéndose a pedazos. Un montón de hojas blancas pegadas en cada pared parecían sostenerla, pues no daban la impresión de tener propósito distinto posible «¿Qué persona tapizaría su apartamento con hojas de papel? Una muy pobre y sin gusto, sin duda» continuaba criticando Javier en su mente a medida que inspeccionaba el pequeño espacio que le rodeaba. A su izquierda inmediata se veía una diminuta cocina separada del resto del apartamento nada más por una barra de madera que, por el laptop que reposaba sobre ella, parecía servir también como mesa de trabajo o de estudios. Dos metros más adelante, un colchón semidoble desorganizado y sin tender sobre una base sencilla de madera negra, exhibía unas sábanas amarillentas y unidas con retazos que pretendían simular el mismo color. Por último, a la derecha, Javier notó una puerta en madera oscura que, por descarte, supuso equivaldría al cuarto de baño. Todo lo que Javier examinaba al interior de ese apartamento no parecía corresponder a Sajati, la joven diosa que todos los viernes vestía de lino, abrigos de piel y fina seda al llegar a su lugar de trabajo. Por unos segundos pensó que se había colado en el apartamento equivocado; pero tras poner en orden su confundido y embriagado cerebro, recordó que la había seguido hasta esa misma puerta. ¿Dónde estaba ella? Una corriente helada recorrió su cuerpo cuando Sajati apareció a su izquierda, de entre las sombras creadas por la escasa iluminación en la cocina y, por primera vez en su vida, el miedo le dejó sin habla. Sajati en cambio se veía muy tranquila, exhibía una diminuta bata de seda blanca incapaz de contener toda la belleza de su piel y en sus manos sostenía una bebida caliente recién preparada. El penetrante aroma que se apoderó de todo el ambiente, reveló que era café lo que tomaba la joven muchacha quien permanecía en la cocina, aún mimetizada con la penumbra de esa esquina. Ella no se asustó ni se ofuscó por la presencia de Javier, quien no era más que un extraño en su apartamento; simplemente se limitó a sonreír con la ironía que últimamente la caracterizaba cuando juntos hablaban.

—Sabía que eras tú quien me seguía. Acaso ¿debería llamar a la policía? —preguntó Sajati antes de llevar un sorbo del caliente líquido a su boca.

—Te burlaste de mí, jugaste con mi ilusión y con mis sueños. Necesito una explicación, necesito una disculpa ¡Esto no puede quedar así!

Así empezó a Javier a descargar, con gritos, toda su amargura y frustración ante la mirada impávida de Sajati, quien se limitaba a escucharlo bebiendo de la blanca taza como quien bebe cualquier cosa frente a su programa matutino de televisión. Mientras exponía sus argumentos una y otra vez, Javier empezó a notar lo absurdo de sus alegatos y lo estúpidamente impulsivo que había sido su actuar al seguirla hasta su hogar. Al fin y al cabo, cada mujer elige su precio y son ellas quienes deciden con quién compartir su vida o su lecho; había poco o nada que él pudiera hacer al respecto. Aún si hubiera podido poseer el cuerpo de Sajati valiéndose de los siete mil dólares, el acto resultaría tan sólo en un alquiler temporal, nunca sería el dueño absoluto de él, tampoco de su mente y mucho menos de su alma. Era muy consciente que, por lo general, las mujeres entregan su cuerpo como muestra tangible de haber cedido ya su corazón y ¡no!, Sajati no veía en él algo más que un cliente, una fuente perpetua de dinero; pues aun cuando él no podía pagar el precio transitorio de su intimidad, cada consumo de licor que hacía en el prostíbulo representaba una comisión para ella y eso era suficiente para hacerse con un sueldo decente. Ella no quería ni necesitaba algo más de él, tampoco había empatía ni interés sexual hacia él por parte de ella. Habían transcurrido dos años desde que se conocían y Javier seguía siendo tan sólo un hombre más, uno de tantos.

De repente, Javier fue víctima de una epifanía. Él se dio cuenta que había sido un necio al seguirla hasta su apartamento, sabía que no lograría hacerle cambiar su concepción sobre él y que jamás sería alguien importante en la vida de Sajati; pero se dio cuenta también que nadie sabía de su intrusión y que se encontraban completamente solos. Por eso, decidió hacer algo contundente y repentino. Javier no pagaría siete ni diez ni doce mil dólares, él tomaría el cuerpo de la muchacha sin pagar precio económico o tangible alguno. Cuando Sajati descifró los pensamientos de Javier, como si la sombría mirada de él se los hubiese revelado, se sacudió de miedo. Por primera vez, frente a Javier, un sentimiento se apoderó de las delicadas y angelicales facciones de la joven.

—Llamaré a la policía —alcanzó decir ella antes de que Javier se abalanzara sobre su cuerpo.

Sería imposible identificar el instante preciso en que aquel impulso salvaje se apoderó de Javier con el cual, influenciado también por el alcohol en sus venas, pensó que si no podía ser alguien importante en la vida de su amor platónico, procuraría ser lo último en ella.

Sajati luchó por mantener la calma, incluso también trató de calmarlo a él prometiéndole una noche de pasión tal como Javier la había soñado.

—Seré tuya, podrás hacer conmigo lo que desees; pero por favor, no me hagas daño —suplicaba por su vida. No obstante, él ya no podía escucharla. Se había convertido en un animal y por ende, era incapaz de interpretar el complejo lenguaje humano.

Javier, con violencia, le arrancó a Sajati las pocas prendas que traía encima y la taza de porcelana de la que bebía la joven cayó sobre el frío piso haciéndose pedazos. Y entonces, aquella bestia que poseía al ilustre empresario, sació sus más bajos instintos con la indefensa muchacha, quien no tuvo más remedio que rendir su cuerpo a cambio de su propia supervivencia «¿no lo hacen así todas las mujeres?» pensó Javier, quien no estaba dispuesto a dejarse engañar más por los juegos de la sagaz prostituta.

Mientras Sajati era ultrajada y vituperada con sevicia, sin la esperanza de recibir pago alguno a cambio y con su seguridad en riesgo, profería palabras dulces, emitía gemidos de placer y concedía gráciles caricias como lo haría una mujer enamorada a la hora de la pasional entrega. Muchas de sus compañeras fingían deseo, pasión y hasta *amor* a cambio de unos dólares; pero Sajati no, ella se estaba jugando con su actuación la vida entera. Su estrategia, en un inicio, fue recurrir al amor y la admiración que creía Javier sentía por ella; pero como ya se había mencionado antes: él no sentía amor. Lo de él era una enfermiza y endemoniada obsesión que anulaba cualquier intento de la joven por apelar a su lado más sensible. Tampoco serviría de algo recurrir a la humanidad de Javier pues él la había dejado atrás, en el pasillo de aquel humilde edificio, en el momento que cruzó la puerta del apartamento. Ya era muy tarde, Sajati percibió en los ojos de Javier las llamas de la ira, del odio, del mismísimo infierno y por eso, en un último intento por proteger su existencia, quiso tomar del suelo un trozo roto de porcelana para clavárselo en el cuello; pero, inexperta en el combate y con el movimiento de sus brazos limitado, falló en su puntería, logrando sólo rasguñar la gruesa mandíbula del atacante, quien al ver sangre brotando de la parte baja de su mejilla, en vez de contenerse, avivó más su furia.

Así llegamos al inicio de esta historia, al infame momento en el que Javier Santana le arrebató la vida a la mujer más hermosa que se haya visto jamás. Empleó solamente sus manos para llevar a cabo tan ruin asesinato; pero ella sintió que ya había perdido la vida antes, cuando él la tomó a la fuerza. Sí. Él le había quitado la vida minutos atrás en el instante mismo en que le arrancó también su dignidad y su libertad para decidir sobre su cuerpo. En una misma noche, Javier Santana pasó a convertirse de un respetado empresario y hombre de familia a un bárbaro infiel, violador y asesino. Javier apretaba el cuello de Sajati sin clemencia, con las pocas fuerzas que le quedaban después de haber dejado escapar su energía vital en el interior de su víctima. Para su fortuna, ella no era tan fuerte como para luchar de vuelta. Antes de liberar su última partícula de oxígeno, Sajati exclamó unas palabras que Javier no logró entender.

—*Elmunkedó, haetani jayektak fi mucabl anlí* —fue lo que literalmente entendió Javier como las últimas palabras de la joven. No supo si se trataba de otro idioma o si acaso eran susurros ininteligibles causados por la falta de aire y la presión de sus manos sobre la tibia y delgada garganta. En todo caso, ignoró los sonidos y siguió apretando con más fuerza hasta que la esencia de Sajati se diluyó en el aire.

Una terrible oscuridad presidió a la muerte de Sajati. Pareció que su existencia dotaba de luz y energía al apartamento pues, tras el último latir de su corazón, las tinieblas se apoderaron de todo alrededor. Durante aquellos segundos de total penumbra, Javier notó con algo de espanto que las hojas que tapizaban la pared y que en algún momento colgaban vacías, se llenaron de caracteres y figuras fosforescentes que sólo podían ser vistas en la total ausencia de luz. No tuvo tiempo de reparar en el aspecto maligno de aquellas figuras geométricas ni en las letras que se asemejaban a caracteres árabes, pues entre sus manos él sostenía la nuca de un cuerpo sin vida y por lo tanto, debía abandonar la escena del crimen rápidamente, sin dejar rastro alguno. Cómo le habría gustado pensar las cosas mejor y no haber llegado a ese extremo tan ilógico e inhumano; no obstante, ya era muy tarde, su precipitado actuar había cobrado la primera víctima. Javier no era un asesino experimentado, de hecho éste era su primer y único crimen hasta el momento, así que no pudo concebir mejor idea que limpiar la escena del delito con un ardiente y esterilizador fuego. Así lo hizo, pero antes volvió a desquitarse con el cuerpo de la fenecida niña, esperando conseguir el placer que no sintió la primera vez. No sintió placer alguno. Al contrario, se sintió más humillado y burlado que en aquel momento. Era como si Sajati, aún después de muerta, se siguiera mofando de su patética existencia.

Las llamas no tardaron en extenderse, primero en el cuerpo de Sajati a quien Javier cubrió usando varias sábanas empapadas con ginebra de una botella que encontró en la alacena; luego en la cocina y finalmente en la cama, sofá, sillas y cortinas de la víctima, antes de apoderarse del apartamento completo. Fue un incendio muy grande para un espacio tan pequeño y nada ni nadie habría podido actuar lo suficientemente rápido para contenerlo. Para cuando los vecinos de Sajati advirtieron el humo y las llamas, Javier se encontraba a varios kilómetros de allí, arribando al hogar que formó junto con su compasiva esposa y su adorable niño. Mientras se colaba con sigilo en el lecho matrimonial, Javier estaba convencido que había cometido el crimen perfecto, aunque lo perfecto hubiese sido no cometer tal crimen.

Javier se sintió arrepentido siete noches después de su deplorable actuar; no porque le carcomiera la culpa o porque le pesara la conciencia, tampoco se arrepentía porque jamás volvería a ver a Sajati bailando en aquella pasarela o porque sus noches de viernes adolecerían de un vacío exorbitante ¡No! Tampoco tuvo miedo de ser descubierto por su esposa o la policía. Javier se arrepentiría de matar a Sajati porque justo después de aquella noche, experimentaría las peores siete noches de su vida y entre sueños, su conciencia le perseguiría para atormentarlo de maneras inimaginables.

PRIMERA NOCHE

La madrugada en que Javier perpetró el asesinato, volvió a su casa como quien vuelve de comprar la leche para el desayuno. Aún estaba en shock etílico y ni su cuerpo ni su mente reflejaban los patrones de comportamiento de alguien que acababa de cometer un atroz crimen. No había miedo, angustia, insomnio y mucho menos sentimiento de culpa. Javier no sentía nada. Al sumergirse entre las cobijas, su esposa sintió el olor que dejan las cenizas y el fuego que, para suerte de Javier, ocultaba también el olor característico del sexo. La ingenua esposa pensó que su marido quizás habría asistido a una barbacoa con sus compañeros de trabajo y continuó simulando estar dormida. Aún si Martha hubiese detectado el olor íntimo y del dulce perfume de Sajati, nada habría sucedido, ella no habría proferido palabra alguna; el matrimonio ya estaba agonizando y la menor rencilla podría terminar en su destrucción definitiva. No, Martha no quería eso. El sol finalmente resurgió por la ventana para sorprender a la inconforme pareja acostada, muy separados el uno del otro, él durmiendo profundamente y ella padeciendo insomnio pensando en la manera de reconquistar a su esposo y salvar su matrimonio. Javier había estado muy frío y distante los últimos dos años y ella lo había intentado todo durante ese lapso para traerlo de vuelta. Martha no estaba segura pero sospechaba que el distanciamiento de su esposo era causado por otra mujer y estaba en lo cierto, aunque nunca encontraría las pruebas que necesitaba para desenmascararlo en el correo, el teléfono o los extractos bancarios de él. Para los hombres infieles, tratar con prostitutas confería muchas ventajas. La prostitución es el negocio más antiguo y por ende, lleva siglos perfeccionándose para brindar más beneficios y mayor placer a sus clientes; entre sus grandes avances está el de la discreción, por ejemplo. Un encuentro con una prostituta es prácticamente indetectable excepto por el perfume que ellas usan para embelesar a sus consumidores. Ese aroma embriagante, dulce y cautivador es muy difícil de borrar en la piel y en la mente, una vez el hombre lo ha experimentado.

Rondaba ya el mediodía del sábado cuando Javier sintió, por fin, los veinte tragos de whisky circulando con violencia en su cabeza. Se sintió incapaz de levantarse de la cama y en medio de su debacle, recordó el compromiso adquirido de hacer compras con su esposa, como todos los sábados. Decidió relajarse al darse cuenta que Martha ya se había marchado y que se había llevado a Martín con ella. Pensó que sería buena idea intentar dormir un poco más para recuperarse y quizás así, después, alcanzar a su esposa y a su hijo en el supermercado. Su idea no funcionó, pues tras entregarse a un sueño profundo en el que el tiempo pareció disiparse, abrió los ojos nuevamente y se encontró con su apartamento conquistado por el crepúsculo. Había anochecido ya y Javier, por enésima vez en dos años, le había fallado a su familia. Confundido por el errante divagar del tiempo, no tuvo más remedio que sentarse a contemplar la oscuridad de su habitación.

Javier no estaba seguro si dormía o estaba ya despierto, pero en medio de su difusa vigilia fue testigo de una horrible aparición que a la vez, por incongruente que suene, fue también la más bella. En su habitación, la misma que compartía con su esposa, varias sombras danzaron fusionándose entre sí y gradualmente tomaron una nueva forma, una forma femenina, una forma perceptible, la forma de Sajati, quien estaba desnuda y con sus dorados cabellos brillando por el reflejo de la luna. ¿Había sobrevivido? ¿Lo había seguido hasta allí y se coló en su apartamento como él se había infiltrado en el de ella? «¡No! no puede ser real, debo estar soñando. Sajati está muerta, yo la sentí morir entre mis manos» se repetía sin cesar en su cabeza intentando explicar para sí mismo por qué una mujer muerta se materializó en su habitación. Javier no podía pensar claramente y tampoco quería aceptar que lo tenía en frente era producto de su imaginación, pues de inmediato se sintió fascinado por el espejismo. ¡Qué majestuoso cuerpo! ¡Cuán perfecta era su sonrisa! Si era un sueño, no sólo se sentía muy real, también se sentía muy placentero. Sajati, cobijada por la opacidad de la noche, se acercó con suaves pasos hasta la cama de Javier. Su caminar era insonoro como si levitara sobre la gruesa alfombra y, a pesar de que tampoco hablaba, ella sonreía con perversa picardía. Javier intentó preguntar o decir algo, pero la confusión y el miedo no le dejaron articular frase coherente alguna. Sajati, o aquello que lucía como ella, estaba cada vez más cerca y cuando se ubicó a los pies de la cama, se subió por fin al alto colchón para exhibir juguetonamente sus jugosos y bien moldeados pechos frente a Javier. A pesar de que su mórbida obsesión lo hubiera conducido a violarla dos veces, una mientras las asfixiaba y la otra después de muerta, Javier sintió en esta ocasión algo de repulsión y miedo ante el perfecto cuerpo de la joven. Algo no estaba bien. No se sentía cómodo ante lo que sucedería inminentemente a continuación y por eso intentó hacer a la joven, a esa visión de ella, a un lado; sin embargo, no le fue posible. Su cuerpo y sus brazos estaban paralizados y eran incapaces de reaccionar ante las desesperadas órdenes de su cerebro. Poco a poco su torso empezó a enderezarse por sí solo sostenido por una fuerza desconocida y el hombre quedó sentado sobre las finas sábanas. Sajati rodeó con sus piernas la cintura de Javier y éste, a pesar del confuso miedo que sentía, estaba excitado y lo suficientemente erguido para el acto sexual. La simple imagen de Sajati podía estimular a cualquier hombre aún en las más difíciles circunstancias; su belleza era, metafóricamente, un elixir capaz de resucitar a los "muertos" o eso decían los hombres mientras la contemplaban cuando ella vivía. Javier pudo sentir toda la sangre de su pasmado cuerpo confluir al mismo punto vital. Sajati, posada encima del inmóvil hombre, continuó azotando con el vaivén de sus caderas una y otra vez, haciéndole sentir lo más profundo de sus entrañas. Javier no pudo resistir más y en menos de dos minutos sucumbió al éxtasis superior, al clímax que produce el placer sexual, y justo en ese momento de máximo deleite, el gemido de goce se convirtió en un grito de pavor, pues quien estaba sobre él ya no era Sajati sino una anciana decrépita que nunca antes había visto. La mujer de cabellos largos y plateados y de rostro extremadamente manchado y arrugado, reía perversamente mientras continuaba agitando con ahínco su cintura sobre el aterrorizado hombre. Era una anciana delgada, pero aun así los pliegues de sus carnes áridas y arrugadas, colgaban y se agitaban flácidas con el bailoteo rítmico de sus brincos. Javier, aún inmóvil, sólo podía limitarse a divisar horrorizado el desagradable espectáculo que se desarrollaba en su regazo. Estaba desesperado y consternado, ansiando en cada segundo que su pesadilla terminara lo más pronto posible, especialmente cuando empezó sentir un ardor insoportable en su entrepierna como si las paredes internas de la mujer estuviesen recubiertas no por piel y carne, sino por vidrios y piedras. Se estaba desmayando del dolor cuando la anciana emitió un grito desgarrador y agudo que estremeció a Javier, haciéndole fijar de nuevo la mirada en su derruida sonrisa. Mientras gritaba, el cuerpo de la anciana se cubrió en llamas que descompusieron sus carnes rápidamente por acción del calor y la luz y, justo cuando el fuego se disponía también a alcanzar el cuerpo de Javier, éste por fin pudo despertarse. El brinco que dio fue tan fuerte que despertó sentado sobre la cama, preguntándose si quizás siempre mantuvo esa misma posición mientras soñaba. No importaba. La horrible pesadilla había por fin culminado.

Javier despertó con dos dolores que le obligaron a inspeccionarse de inmediato frente al espejo del cuarto de baño. El primero estaba localizado en su mandíbula y al notar una profunda herida en el reflejo recordó que Sajati le había cortado allí, con un trozo de porcelana. La herida no se veía nada bien pues alrededor de la carne viva se estaba formando una gran hinchazón y fuerte enrojecimiento. El segundo dolor le inquietó mucho más, pues no tenía explicación evidente para su existencia. Javier sentía un ardor insoportable en sus genitales, el mismo que había experimentado durante el sueño —o ¿debería decir "pesadilla"?—.

Inmediatamente aseguró la perilla del baño sin prestar mucha atención al nauseabundo olor a carne descompuesta y quemada que anegaba la habitación que acababa de abandonar. El machismo, el orgullo y el fuerte dolor le demandaban revisar su zona íntima con premura. El panorama de su entrepierna fue tan preocupante y desolador, que supo al instante que el agua y el jabón no serían suficientes para remediarlo; no obstante, agua helada sobre la infectada piel era todo lo que anhelaba para calmar el ardor. En la privacidad de la ducha, extrañado por las llagas supurantes que habían surgido de su "hombría", Javier oyó tras la puerta a su esposa ingresar a la habitación matrimonial, quien se esforzaba por hacer notar su presencia con múltiples ruidos y movimientos de cajones y muebles.

—¿Martha? —le gritó desde la regadera.

Javier pensaba en las posibilidades mientras el agua helada cubría su cuerpo. Debía buscar un doctor urgentemente para que revisara sus "partes"; pero si éste llegaba al apartamento, despertaría las sospechas de su mujer. Ella empezaría a indagar, él tendría que contarle lo que ocurría en su cuerpo, le cuestionarían sobre la posible causa de la infección y eventualmente llegarían a Sajati, a la verdad ¡No! ¡De ninguna manera! La otra opción era ir a urgencias y buscar ayuda; no obstante, su caso no era urgente y seguramente con el mal sistema hospitalario del país, tardaría horas en ser atendido, lo que de todas maneras despertaría la preocupación de su esposa. Mientras tomaba una decisión definitiva, optó por tomar otra ducha, ahora caliente, esperando que el agua lo más cercana posible al punto de ebullición purificara el área de enrojecida piel y serosidades.

Al salir del cuarto de baño y a diferencia de lo que esperaba, no encontró a Martha. Su esposa no estaba en el apartamento ni tampoco en el edificio. Lo bueno, es que ya no era necesario guardar las apariencias con nadie y lo más sensato sería llamar a un doctor para que lo atendiese en casa. Lo malo, es que su esposa se había marchado, enojada, llevándose consigo a Martín. Javier no entendía qué sucedía, hasta que encontró una carta de despedida escrita por ella. Ignoraba la gravedad de la situación hasta que sintió el dulce aroma del perfume que usaba Sajati y hasta que encontró unos mechones dorados de cabello posados sobre la empapada cama. Confundido, tomó los mechones entre sus manos para inspeccionarlos, para terminar de convencerse de que no podía pertenecer a la joven prostituta, mas éstos se tornaron blancos antes de deshacerse entre sus dedos. El olor a perfume desapareció del ambiente para ser opacado nuevamente por la pestilencia a carne descompuesta y carbonizada; mientras tanto, los dolores en su mandíbula y genitales le punzaron tan fuerte que cayó al piso. Lo que había experimentado Javier esa noche había sido algo más que un simple sueño, lo que había experimentado Javier había sido real. Sí. Pero aquella experiencia pertenecía a una realidad muy alejada de la natural, de la que todos conocemos, de la que representa al mundo que pisamos.

SEGUNDA NOCHE

No le fue posible hacerse auscultar por un médico. El dolor le había vencido la noche anterior y apenas tuvo fuerzas para echarse otra vez sobre la cama. Su ascenso por el colchón fue equivalente a trepar el muro más alto, con la convicción de que llegar a la cima le traería el descanso y el bienestar que tanto deseaba. Durmió, pero aun entre sueños continuaba sintiendo un dolor indescriptible. Por sus venas parecía circular lava y su piel ardía como si bajo ella se abrigara el mismísimo sol. Javier no podía moverse, su nariz expulsaba vapor y era tan punzante su tormento que evitaba gritar de dolor, pues hasta quejarse le lastimaba con intensidad. Sí. Hablar implicaba mover sus labios y forzar sus cuerdas vocales, lo que conllevaba un ardor insoportable desde su boca hasta el pecho. Al sentirse así, al borde de la agonía y tan débil hasta para respirar, para quejarse, para llorar, Javier se preguntó si valía la pena seguir viviendo.

Continuaba paralizado cuando la noche pintó las paredes de negro. Al ser testigo de las sombras vistiendo su habitación, sintió turbación en su corazón y una lágrima descendió por su mejilla izquierda hasta fundirse en la oreja del mismo lado. La lágrima, que confluía suavemente sobre la árida piel, se sintió como el amenazante deslizar de una filosa navaja. Javier tenía miedo, pues presentía que algo malo estaba por acaecer sobre su, nueva, miserable existencia. Una sombra, en frente suyo, comenzó repentinamente a tomar forma humana mientras él, lo único que esperaba es que todo fuese una ilusión óptica o un simple sueño. La sombra conformó primero un rostro humano que aún permanecía confuso entre la oscuridad de la habitación. Dos vidriosas esferas blancas tomaron el lugar en donde, se supone, debían encontrarse los ojos, para mirar a Javier fijamente. Con el transcurrir de los segundos, los brazos y las manos de la indefinible figura comenzaron a detallarse y entonces los pómulos —¡Oh, sí! Aquellos pómulos perfectos— revelaron nuevamente la imagen de Sajati. Era la joven prostituta muerta quien surgía otra vez de entre los matices negros y grisáceos de la noche; pero en esta ocasión lucía distinta. El espectro de Sajati no lucía tan juguetón y complaciente como la primera vez; no obstante, los hoyuelos de sus mejillas indicaban la presencia de una leve sonrisa. La curvatura perversa de sus labios no era de felicidad ni complacencia, pero sin duda se trataba de una sonrisa. La pálida piel mostraba también unas pequeñas manchas negras en toda su extensión que no se asomaron la noche anterior. Sajati exhibía con naturalidad su desnudez y con ella, afanosamente trepó sobre la cama de Javier para descubrir también la de él.

Después de dos años de desearla, después de haberla soñado rindiéndose a sus pies y a pesar de haberla poseído —aunque sin su consentimiento y beneplácito— Javier sentía repulsión por aquella aparición que simulaba ser Sajati. No sabía quién o qué era eso que por segunda vez deseaba adueñarse de su cuerpo; pero estaba seguro que no era Sajati. La angelical imagen de aquella joven nunca produciría terror en un hombre y sin embargo, eso era lo único que él sentía. Nada en aquella joven podría ser angelical.

La aparición lo cubrió con su desnudez y empezó a saltar una y otra vez agitando con violencia sus caderas sobre Javier. A pesar del indescriptible calor que sentía en su interior, era imposible definir cuál de los dos cuerpos poseía una temperatura más elevada. El paralizado hombre, incapaz de soportar un segundo más el dolor infligido por el cuerpo hirviendo de su abusadora, no tuvo más remedio que dejar escapar un grito de auxilio, acción que le causó un padecimiento aún mayor. La figura que en cada brinco laceraba la ya lastimada hombría de Javier comenzó a transformarse en una anciana, la misma de la noche anterior, y antes de cubrirse nuevamente en llamas, emitió un grito desgarrador que hizo eco por todo el apartamento. Esta vez, antes de despertar de la horrible pesadilla, Javier contempló horrorizado como su cuerpo era consumido por las llamas. Las llamas fueron parte de una ilusión o tal vez de un sueño; no obstante, la sensación de ardor en su piel se sentía muy real.

Había padecido la misma pesadilla que la noche anterior, pero esta vez la historia llegó más lejos y a más profundidad. Aunque hubo detalles disímiles que llamaron la atención de Javier entre un sueño y otro, el excesivo calor corporal persistía, la parálisis continuaba y el olor calcinado invadía toda la habitación. En medio de su delirio se preguntó entonces si los sueños son un reflejo de la realidad o si, por el contrario, la realidad es una consecuencia de los sueños. Al no saber qué ocurría a su alrededor ni dentro de sí mismo, y al sentirse incapaz de continuar soportando semejante tormento, no tuvo más remedio que llorar en silencio, inmóvil... ardiendo.

TERCERA NOCHE

Se preguntaba cómo era posible sobrevivir dos días sin ingerir alimento ni sorbo de agua; no obstante, esa cuestión no era tan importante como sí lo era el sentido y el valor que debería atribuirle a su propia existencia en aquel perturbador momento. A pesar de todo su dolor físico y el desconsuelo de su alma, él seguía allí, como una masa inmóvil e inútil que respira y existe por simple inercia. Aquel día, Javier debió haberse presentado al trabajo como cada lunes; pero no tuvo fuerzas para levantarse de la cama y ni siquiera para contestar sus teléfonos que no pararon de acosarle con agudos timbres toda la mañana y toda la tarde.

Sumado a la sensación de tener su piel expuesta a las brasas de un horno, ese lunes Javier fue perdiendo la vista poco a poco. Una capa grisácea se fue instalando y apoderando de la zona interna de sus párpados, aprovechándose del dolor que le producía el más mínimo movimiento que pudiera hacer para frotarse los ojos. Javier estaba totalmente expuesto e indefenso ante el atentado más irrisorio en su contra.

Supuso que la noche había llegado porque tras aquel manto cegador que se había formado sobre sus ojos, la imagen borrosa de su habitación se tornó más oscura y entonces, ya presa de la ceguera total, lloró una vez más añorando que tal vez las lágrimas limpiaran sus pupilas. No funcionó. Al llegar nuevamente la noche, ésta trajo consigo una vez más la angustia. En esta oportunidad Javier no vio a las sombras materializarse ni convertirse en una versión horrenda y anciana de Sajati mientras le violaban con brutalidad. En esta oportunidad fueron los pestilentes aromas los que tomaron forma, y como si la muerte tuviese olor —uno penetrante y nauseabundo— se coló por las fosas nasales de Javier hasta hacerlo toser repetidamente con fuerza. Cada sacudida de su cuerpo le causó un dolor agudo e intolerable que lo hacía retorcerse aún más. Javier no podía ver nada, pero como si todos los sentidos del cuerpo humano hubiesen confluido en su olfato, su mente se encargaba de dibujar lo invisible y lo inimaginable usando como única referencia los aromas captados por su débil respiración.

Podredumbre y ceniza, a eso debería oler la muerte si llegase a asumir algún día forma tangible. Podredumbre y ceniza era justamente lo que olía Javier cuando, sumido entre la total oscuridad, alguien brincaba una y otra vez sobre su dolorido cuerpo, robándole toda energía vital y arrebatándole la poca dignidad que le quedaba. Se sentía oprimido no sólo por el penetrante olor, no sólo por el peso que cargaba en contra de su voluntad sobre sus caderas sino por la sensación de impotencia y vulnerabilidad que ahora también le había arrebatado su sentido más importante hasta ahora: la vista. Con total oscuridad y vacío a su alrededor, como si se exteriorizase aquello que poseía en su alma, Javier se sentía muerto en vida.

No podía verla, pero sabía que quien estaba encima de él era aquella envejecida y tenebrosa figura femenina burlándose de él, castigándolo incansablemente. Cuando Javier alcanzó el clímax —si se puede llamar así a la reacción instintiva reproductiva de un varón que está siendo violado— el grito estremecedor de la mujer le recordó que, además del olfato y el tacto, aún le quedaba también el sentido del oído. Era desesperante no poder ver, aun cuando la escena que experimentaba fuese tan horripilante como para desear contemplarla. Sí, era desesperante anhelar ver y no poder hacerlo; pero seguramente sería más desesperante, en aquel caso, poder ver y no querer hacerlo.

Después del ya acostumbrado grito diabólico de aquel espectro, a la total oscuridad del lugar se incorporó el absoluto silencio y la habitación dejó de heder, informando que aquella presencia se había marchado por completo, pero sólo por aquella noche.

Literalmente, Javier no pudo ver lo que ocurría a su alrededor; pero lo escuchó y lo olfateó con total nitidez. Había sido reducido a una "escoria humana" y alcanzar dicha condición es algo que nadie quisiera experimentar; pero quienes lo experimentan, suelen intentar mantener el orgullo tan elevado que se niegan a aceptar su postrera condición. La esperanza no es lo último que se pierde, lo que se llama esperanza suele ser simplemente orgullo.

CUARTA NOCHE

Hasta el momento, la sensación de calor se había limitado a ser solo eso: una sensación. Para cuando despertó después de la tercera noche, Javier Santana ya no sólo sentía que su piel ardía, también lo percibía. Había recuperado su vista, con tan mala suerte que al examinar con ella sus brazos y manos, notó que estaban cubiertos de llagas y supuraciones. Ya no sentía tanto dolor bajo la epidermis y al moverse, su mayor miedo no era el sufrimiento que le infligía cada moción, sino la posibilidad de reventar alguna de las úlceras que le invadían. Examinó todo su cuerpo con horror, encontrándose con un cuadro devastador en el que no había centímetro cuadrado de piel que estuviese libre de fístulas y enrojecimiento. Cuánto dolor y cuánta impresión le causaba tocar su dermis, que a la menor perturbación de inmediato sangraba y secretaba amarillentos y blanquecinos líquidos. Apenas tenía fuerzas para moverse, pero su egolatría y narcisismo le fortaleció lo suficiente para auscultar hasta el último rincón de su cuerpo en búsqueda de alguna zona carente de monstruosidad. Nada estaba limpio. Todo su cuerpo era un *collage* de hematomas, ampollas y pus. Llevaba mucho tiempo tendido en su cama, y por un instante lo invadió un anhelo de libertad teniendo en cuenta que había caído prisionero de su propio cuerpo y de repente, nuevamente, tenía a su alcance la posibilidad de movimiento. Por segundos pareció esperanzado pues, aunque débil, podía moverse sin el dolor que le limitaba noches antes; pero sus esperanzas se vieron de nuevo menguadas porque ahora cada movimiento significaba la grotesca explosión de sus ampollas y esa era una insoportable y antiestética agonía. No supo si fue el dolor, la impresión de los líquidos saliendo de su cuerpo o la unión de ambas cosas lo que le obligó a dejar de inspeccionarse, por lo que prefirió entregarse de nuevo a la total parálisis, esta vez voluntaria.

Su habitación estaba absorbida por el vacío y el silencio. Javier Santana continuaba postrado allí como si al ser testigo de sus carnes descompuestas, esperara el inevitable transcurrir del tiempo y con él, la llegada de la muerte. Seguía sin comprender lo que le ocurría y mucho menos el por qué, aunque ya comenzaba a sospecharlo. Sajati. Ella era la culpable de todo.

¿Qué eran esas figuras geométricas que resplandecieron en medio de la oscuridad en el apartamento de Sajati? Acaso ¿Era ella alguna clase de bruja o hechicera que había regresado de la muerte para castigarlo? o ¿Sería posible que aún estuviese viva? Miles de preguntas se agolparon en la mente de Javier como si todas se hubiesen puesto de acuerdo para revolotear en su cabeza al mismo tiempo. «Ella me contagió alguna clase de enfermedad venérea y ésta es la causante de mis tantos delirios» fue la explicación más lógica y factible a la que pudo llegar Javier, quien decidió quedarse inmóvil para sanar sus heridas y esperar a estar lo suficientemente presentable para pedir ayuda. «El tiempo lo cura todo» pensó para sí pretendiendo justificar su desidia; pero eso no lo hizo sentir mejor.

La noche volvió con su capa de oscuridad como solía hacerlo a la misma hora; mientras tanto, la habitación de Javier se cubrió de sombras y espanto siguiendo la costumbre de las últimas noches.

—¡Ya no más! ¡Por favor! —se aventuró a gritar esta vez, sabiendo lo que a continuación ocurriría. Cada noche se había convertido en una predecible y desesperante monotonía—. ¡Por favor! ¡no más! —insistió, esta vez rompiendo las vesículas que se habían instalado en sus labios y alrededor.

Silencio. Un silencio sepulcral se hizo presente. Aún las sombras no se habían fusionado para materializarse en aquella demoniaca figura femenina; pero Javier presentía que "ella" lo podía escuchar. Después de más suplicantes gritos, sintió un caliente y viscoso líquido descendiendo con dificultad por su barbilla, el cual prefirió no limpiar para evitar reventar más úlceras en sus manos o brazos. No podía soportar más. Volvió a llorar con desespero y cada lágrima que libraba se abría camino con dificultad entre los surcos creados por las irregularidades de su piel.

Lo presentía, sabía que iba a suceder lo mismo de las últimas tres noches y su premonición terminó convirtiéndose en una inevitable realidad.

Por cuarta vez las sombras cobraron vida, se entrelazaron, se fusionaron y conformaron esa imagen corpórea tan familiar para Javier. Era Sajati. La joven se apareció ante él con su cuerpo terso y perfecto, con sus curvas bien definidas, con sus pechos firmes, con su cabello dorado y con el característico fulgor de sus ojos miel. Camuflada por la noche, sus dientes destellaron con radiante luz. Le sonrió a Javier, pero no le sonrió con ternura, con amor ni con picardía; le sonrió con la máxima expresión de la sonrisa femenina: le sonrió con maldad pura. Sajati fue acercándose paso a paso, muy lentamente, sin perder nunca su maquiavélica sonrisa, mas a medida que se aproximaba a la cama de Javier, algo anormal iba ocurriéndole a su impoluta imagen. Quemaduras, vejigas, comedones y ulceraciones empezaron a apoderarse de la piel de Sajati mientras caminaba y Javier no tuvo más remedio que ser testigo de tan impresionante transformación, añorando estar ciego nuevamente. Para cuando Sajati ascendió al lecho de aquel desgraciado, ella había perdido todo su cabello dorado y todo rastro de piel sana, incluso entre sus ojos podían evidenciarse manchas y heridas purulentas.

No hubo marcha atrás. Los dos trozos de carne pútrida se hicieron uno, causando un dolor inimaginable para Javier y emanando todo tipo de secreciones muy distintas a las que caracterizan al sexo, el buen sexo. Aquel acto carnal ejecutado por dos despojos humanos, que nada tenía de erotismo ni sensualidad, se convirtió en un recuerdo del que Javier quisiera jamás acordarse. Para su desgracia, la escena vivida quedaría tatuada en su mente sin posibilidades de olvido.

Cuánto dolor y cuánto hastío le producía el sexo. Lo que había obsesionado a Javier, al punto de hacerle perder su honor, su humanidad, su matrimonio y a su hijo, ahora le generaba terror y angustia. El sexo ya no era lo mismo, Sajati ya no era la misma y, por supuesto, él ya no era el mismo. Esa noche no lloró, era como si finalmente se hubiese cansado de sufrir y hubiese cedido ante su infortunado destino. Ya sólo era cuestión de esperar a la muerte. Javier ya no se impresionó con la espantosa figura de la anciana, quien ahora exhibía heridas abiertas y supuraciones por todo su cuerpo, tampoco se petrificó con aquel grito desgarrador de siempre. Había comprendido aquella monótona relación que los unía y la había asumido. Pensó que con todo lo que había padecido hasta el momento, ya sería capaz de soportar que todas las noches llegase un espectro infernal con forma de mujer y lo violase a pesar del calor, del dolor y de las desagradables excreciones. Lo que nunca recapacitó, es que cada crepúsculo traía consigo una nueva sorpresa, un nivel más alto de padecimiento y por desgracia, aún tenía que soportar algunas noches más.

QUINTA NOCHE

Los teléfonos habían dejado de timbrar, por fin. Quienes llamaban no se habían rendido. Aún no. Todas las personas necesitan una respuesta, necesitan saber la verdad, tener el control, y todos querían saber del paradero de Javier inclusive aunque ya no le quisieran; ese era el caso de Martha, la abnegada esposa, quien necesitaba conocer el estado de su marido aunque ya no ansiara verlo de nuevo. Los familiares lejanos que le quedaban, los superiores, compañeros y amigos de Javier no se cansaron, no se rindieron ni se agotaron en su afán de contactarlo y saber de su vida, aunque vale aclarar que lo que les movía era más el deseo de saciar su curiosidad y dar rienda suelta al chisme, que la propia amistad o aprecio que pudieran sentir por él. Nadie se agotó buscándolo, contrario a lo que sucedió con las baterías de los teléfonos de Javier que perdieron toda la energía emitiendo timbres que nunca tuvieron contestación.

Podía ver con claridad, podía moverse sin experimentar tanto dolor y todas sus ampollas se estaban secando; sintió un poco de alivio y la esperanza le acarició la mejilla por un instante. No se levantó de inmediato. Se quedó tendido sobre la cama pensando en cómo sería su regreso al mundo. ¿Qué le diría a su familia? ¿Qué excusa ofrecería en su trabajo? Fueron las primeras preguntas que se cruzaron por su cabeza con los tempranos rayos de la mañana que se infiltraban por entre las cortinas. Cualquier cosa que pudiera confesar no se la creerían, lo tomarían por loco y, si le creyeran, podría terminar implicado en una investigación por asesinato y muy seguramente en la cárcel. Tenía que pensar muy bien todo lo que debería decir y hacer a partir de ese momento. Fue entonces cuando una idea le abordó súbitamente: Javier Santana tenía en sus manos la oportunidad de iniciar de nuevo, empezar de cero, hacerse a una nueva vida con un nuevo trabajo y hasta una nueva compañera sentimental; pero ¿Por qué seguía acostado?

Algo no estaba bien. No se podía salir del infierno así como así, tan fácilmente; Javier Santana sabía que todo tenía un precio y que, incluso para salir de la desgracia, se debía pagar por él ¿acaso todo ese sufrimiento, dolor y asco padecidos fueron el costo que tuvo que asumir por sus actos? De ser ese el caso, entonces su alma estaba ya a paz y salvo y su deuda saldada. ¡Qué ingenuo, Javier!

Continuaba sumergido en sus abstracciones cuando un ruido lo trajo de regreso a la superficie, a su realidad. Javier no estaba solo, lo supo cuando el ruido se repitió varias veces. Eran unos golpecillos sobre la alfombra, aunque parecían más pasos pequeños que estaban acompañados de un débil crepitar. «No puede ser el espectro con apariencia de mujer» pensó, pues ella sólo le visitaba de noche. Javier intentaba tranquilizarse a sí mismo con palabras de aliento y pensamientos positivos, e imploró al cielo que lo que escuchaba no fuera ese demonio disfrazado de Sajati; soportarlo todas las noches era una cosa, pero ahora tener que soportarlo de día era una idea aberrante, inconcebible, desesperante. Ni la debilidad ni el dolor le obligaban más a quedarse postrado. Podía moverse y podía ver con claridad, por lo que decidió de repente enfrentarse al demonio, bruja, espectro o lo que fuera aquello que le había atormentado y violado por cuatro noches consecutivas. Ya no podía soportar más vejámenes. Javier agudizó su oído intentando detectar el origen del singular ruido y descubrió que la fuente provenía de su lado izquierdo, donde se ubicaba la puerta que conducía al pasillo de su apartamento desde el interior de la habitación principal. Javier se irguió e inspeccionó la puerta y la sección de blanca pared que se alcanzaba a ver a través de ella como si esperara que algo o alguien la cruzasen, pero nada ocurrió; no obstante, aún seguía escuchando aquellos tenues golpecillos y el crujir de la alfombra. Entonces, consternado al ver que nadie cruzaba la puerta de la habitación principal, decidió guiar su mirada al suelo, a la alfombra de su habitación justo frente a aquella puerta en la que sólo se asomaba la soledad y el vacío que suelen rodear a un hombre abandonado. Fue allí donde la vio. No recordaba la última vez que había visto semejante esperpento de la naturaleza ni mucho menos cuando tuvo una tan cerca. Estaba convencido de que en aquel clima no vivía esa clase de insectos y que la pulcritud y rigurosidad de su esposa jamás darían albergue a una musaraña como esa.

Una cucaracha de piel cobriza y casi tan grande como la mano de un hombre adulto se iba abriendo paso por la habitación produciendo aquellos irritantes sonidos al caminar. Las antenas del desafiante insecto se movían frenéticamente como si trataran de localizar algo muy específico y su paso lento, pero constante, se perfilaba en dirección a Javier.

Por ningún motivo Javier permitiría que una cucaracha se subiera a su cama por lo que, al verla aproximándose, de inmediato se incorporó y buscó bajo las tablas de su antiguo lecho matrimonial un zapato con el que pudiera abatir al enorme espécimen. Lo único que encontró fue una bota masculina en cuero y de marca reconocida que, a pesar de su elevado precio, consideró propicia para la tarea por su maciza suela de madera; no obstante, a medida que se acercaba a su objetivo, se dio cuenta que quizás necesitaría un arma más grande. Era tanta la aversión y el asco que sentía por esa plaga que, evitando acercarse, lanzó la bota con todas sus fuerzas sobre la consistente piel de la cucaracha haciéndola crujir como una copa de cristal al romperse, salpicando las paredes con un líquido grumoso y amarillento. Javier creyó escuchar una especie de chillido que emitió el insecto antes de fusionarse con la alfombra, pero prefirió ignorarlo para no aumentar más la fobia que padecía por ese tipo de alimañas. Una vez consideró que la amenaza estaba controlada, Javier se sentó a los pies de la cama para pensar en el regreso triunfal a la vida cotidiana; no obstante, sus pensamientos fueron nuevamente interrumpidos cuando cientos de cucarachas, esta vez más pequeñas, hicieron su aparición por las paredes y el piso que rodeaban la puerta de la habitación. Javier no podía creer lo que veía. «¡Las hijas!» pensó con horror en su expresión. A pesar de haber sido protagonista de tan repulsivas noches, le costaba trabajo asimilar un posible origen para la cantidad descomunal de criaturas que se asomaban por la puerta de su habitación; además, sus dudas pasaron a un segundo plano al percibir que todas parecían empeñadas en dirigirse hacia él. Ya poco interesaba por qué le seguían, sólo le interesaba encontrar la forma de mantenerlas alejadas de su presencia. Javier se movió con velocidad por todo el dormitorio alejándolas de sí con sus pies y matando a varias con la palma de su mano izquierda y la bota que sostenía en la derecha. Estaba desesperado. Las cucarachas eran tan pequeñas y rápidas que temió la posibilidad de que alguna entrase por su nariz, oídos, ojos o boca, y ese miedo le llevó a moverse frenéticamente hasta el punto de usar su cuerpo completo contra las paredes y los pisos para matar a la mayor cantidad de ellas. Le tomó horas erradicar a la infestación de estos insectos, no sólo de su habitación sino de todo el apartamento por donde se habían dispersado de manera vulgar y descarada hasta el rincón más oculto y abstruso de los baños, la cocina e incluso la sala. Le tomó más tiempo aún recoger los cadáveres de insectos que quedaron por todos lados para apiñarlos en varias bolsas negras y grandes de basura, las cuales se disponía a sacar hasta el contenedor ubicado en el sótano del edificio. Cuando ya estaba por culminar la tarea, un dolor agudo le punzó la nuca. Sintió como si le hubiesen enterrado un puñal en la cerviz y así mismo, como si ese puñal le hubiese cortado los nervios que protegen sus vértebras, cayó al piso con su cuerpo pasmado ante el dolor. Cuando por fin pudo recuperar la movilidad de sus extremidades, la primera reacción natural y obvia que tuvo fue llevarse las manos a la parte posterior del cuello intentando identificar el origen de su padecer. Sintió con la palma de sus manos un extraño y prominente abultamiento que tras el mínimo contacto nuevamente le dobló del dolor. Dejó de tocarse. Ya había palpado lo suficiente como para darse cuenta de la gravedad de su situación y corrió de inmediato en dirección a su cuarto de baño para intentar inspeccionarse en un espejo. La ubicación del dolor no le dejó examinarse con facilidad y apenas podía ver el abultamiento de perfil, por lo que tuvo que valerse de otro espejo, uno más pequeño, para poder verse la nuca en toda su magnitud.

Cristales reflectantes volaron por todo el cuarto de baño. Javier había dejado caer el espejo pequeño al piso tan pronto como pudo verse la nuca. También había dejado escapar un grito agudo de miedo; pero él, en su angustia, no lo notó. Y es que Javier, al descubrir lo que tanto dolor le infligía, por poco y vuelve a desvanecerse de la impresión.

Cuando confrontó ambos espejos notó la inflamación enrojecida y voluminosa que se había apoderado de su cuello y en ella, justo en el medio, se percató de una vejiguilla que parecía retorcerse emanando un espeso líquido compuesto de sangre y pus. No obstante, eso no fue lo que le impactó en sobremanera. Lo que le produjo esa sensación inminente de colapso, fue la cabeza de una blanquecina larva que pareció asomarse para reconocerse ante el espejo y luego volverse a esconder bajo la infectada piel de Javier. Al ver semejante espectáculo putrefacto, Javier supo de inmediato que su calvario aún no había terminado y que lo que experimentaba era tan sólo un nuevo comienzo, un nuevo día y una nueva noche de su, ya despreciable, vida.

Fue hasta su habitación. Su objetivo era encontrar unas pinzas para extraer al nuevo inquilino de su cuerpo; pero como si éste conociera las intenciones de Javier, comenzó a retorcerse en su interior aumentando el dolor y el sosiego que sentía el afligido anfitrión. Las manos comenzaron a temblarle con violencia cuando por fin encontró las pinzas y las sostuvo entre sus dedos. Sabía que esto le iba a doler de forma exagerada, pero pensó que un dolor agudo de unos minutos era preferible a tener a una criatura indeseable viviendo bajo la dermis un segundo más. Javier empezó a escarbar y apretar con dificultad. El dolor le causaba espasmos y los espasmos le causaban a su vez más dolor, sumiéndolo en un ciclo interminable de consternación. No recordaba dónde lo había visto o leído, pero a su mente llegó la imagen de indígenas extrayendo parásitos con varios metros de longitud de su piel y enrollándolos alrededor de un lápiz. Supo entonces que debía extirpar a su inquilino completo e ileso, pues un gusano descomponiéndose o desangrándose en su interior traería graves consecuencias sépticas. Además, si llegaba a herir a la larva, esta profundizaría aún más bajo su piel y no volvería a asomarse a la superficie hasta pasado mucho tiempo.

Javier llevaba varios minutos en su procedimiento quirúrgico e infligiéndose un dolor insoportable. Era muy difícil "operar" con unas pinzas en una mano y un espejo en la otra, sin mencionar que el nivel de dolor que se acrecentaba en su interior le causaba temblores y espasmos incontrolables. Estaba agradecido por tener varios espejos pequeños en su apartamento; pues el que sostenía era el tercero que al igual que los anteriores dos, corría el riesgo de caer y volverse pedazos. Más que preocuparse por la integridad del espejo, también debía ser muy cuidadoso con la integridad de aquel ser que en sus carnes había encontrado un hogar. No podía permitir que las pinzas metálicas hirieran a la larva o la partieran por la mitad, lo que llevó a Javier a tomar una decisión desesperada y muy dolorosa: sumergiría las pinzas lo más profundo posible, rodeando a la larva, y así la extirparía completa, empujándola con delicadeza desde su extremo más escondido. Tras varios alaridos, lágrimas, sangre perdida y maldiciones, la larva salió en una sola pieza cayendo al helado piso junto con las pinzas.

El animal tenía el tamaño de una aceituna —aunque más alargada— y continuó retorciéndose en el piso tal y como se retorcía cuando vivía dentro de su anfitrión. Antes de terminar de reparar en su desagradable aspecto, Javier la remató con el marco de uno de los espejos rotos, hasta que la criatura dejó de moverse.

Javier también quedó inmóvil, boca abajo sobre las frías baldosas del baño. Estaba exhausto, pues tanto dolor y sufrimiento son capaces de agotar los músculos y la voluntad por igual. Volvió a deprimirse y a sentirse menos que basura y hasta consideró que aquél parásito que yacía muerto a su lado, valía más que él. Lloraba, lloraba amargamente como lo había hecho las últimas noches; pero había olvidado por completo que el verdadero sufrimiento llegaba en las noches y la noche, hasta ahora iba a comenzar.

Algunas historias no hacen falta detallarse, pues hay detalles tan escabrosos y viciados que cobran vida por sí solos dentro de los oscuros abismos de la mente. No hace falta detallar lo que le ocurrió a Javier Santana en la quinta noche de su tormento, mientras yacía boca abajo, inmóvil, en el piso del baño. El espectro que asumía la forma de Sajati y que se le presentaba en cada anochecer, le alcanzó hasta aquel cuarto húmedo y frío para cumplir con lo que se había convertido en una inquebrantable rutina.

Las visitas se caracterizaban por algunos detalles particulares que las diferenciaban entre sí y que para desgracia de Javier, las hacían inolvidables. Algo que variaba de noche en noche y también el detalle más evidente, era sin duda la apariencia cambiante de aquel espectro. Era como si cada noche lo visitara una entidad diferente en apariencia, pero igual en esencia. La primera noche asumió la forma de Sajati, pero luego se transformó en una anciana horripilante y enferma que con el paso de las noches lucía más decrépita y diabólica. En la quinta noche, quien se apareció ante Javier ya no era Sajati ni la anciana; era otra cosa, una forma viviente pero no humana. Javier no podía moverse del cansancio y del miedo, por lo que esta vez se entregó con resignación al vituperio propinado por la criatura que ahora poseía, por extremidades, afiladas y vellosas patas. Esas patas negras y alargadas fue lo único que pudo distinguir Javier en dicha ocasión. Los aberrantes actos que cometió el monstruo insecto en el cuerpo del monstruo humano, le hicieron pensar a Javier que aquel espectro no era necesariamente una mujer. Era algo más. Era la materialización asexual del mal. Había sido violado por cuatro noches; pero tan sólo en la quinta experimentó en carne propia lo que sentía una mujer en aquella humillante situación.

SEXTA NOCHE

Cuando Javier Santana se despertó aquella mañana después de un sueño inquieto, se encontró en el piso de su baño transformado en un monstruoso insecto. Había dormido boca abajo la noche anterior, por lo que le pareció sencillo levantar su pesado cuerpo sosteniéndolo sobre sus seis delgadas, negras, peludas y nuevas patas. Tardó varios minutos en reconocer su nuevo cuerpo, su compleja estructura, su color, sus desproporcionadas extremidades y órganos y, sintió tanto miedo como asco de lo poco que sus ojos alcanzaban a percibir de sí mismo. Intentó moverse, aún asustado y confundido, pero tropezaba con todo a su paso. Era como aprender a caminar de nuevo. Pronto descubrió que sus largas antenas le servían para ubicarse mejor en el espacio y así predecir sus acciones locomotoras; no obstante, eso no lo ayudó a olvidar sus variadas y emergentes preocupaciones. Nada que le sucediera podría reconfortarlo, excepto volver a su condición original y dejar de ser un gigantesco monstruo. Si antes era un insecto por dentro, ahora también lo era por fuera y supo que ningún otro ser humano entendería su nueva condición «¿Qué podía hacer?» se preguntaba una y otra vez. Ante su nueva apariencia, una morbosa curiosidad poseyó su mente impulsándolo a querer contemplarse totalmente frente a un espejo. ¡Qué horrible visión! Ni siquiera un microscopio le hubiera otorgado semejante nivel de detalle con respecto a su insectil fealdad. Su cabeza era muy pequeña con respecto a su gigantesco cuerpo y de ella sobresalían dos manchas negras, brillantes e irregulares que parecían ser sus ojos, así como unas prominentes antenas de ambos lados que se movían impetuosas y sin coordinación. De la zona inferior de la cabeza, un par de poderosas mandíbulas expuestas y dentadas emanaban blancuzcos líquidos de forma constante. Su piel, negra y cromada como los ojos, exponía varios vellos brillantes y espinosos. De aquel hombre vigoroso de buen aspecto y cautivantes ojos verdes ya no quedaba rastro alguno; no era vigoroso, mucho menos cautivante y ni siquiera era un hombre. Quiso emitir un grito de desesperación con todas sus fuerzas pero algo pasaba con sus cuerdas vocales: no servían o, más preocupante aún, habían dejado de existir. Se posó por varias horas en la esquina del baño meditando sobre la insignificancia y despropósito de su vida, para concluir que incluso el hecho de pensar sobre su propia existencia carecía de sentido. Javier ya no existía. Era menos que nadie, era menos que nada. Era, literalmente, un insecto.

Ya no tenía dolor alguno ni impedimento para moverse con libertad; pero se dio cuenta de inmediato que si intentaba pedir ayuda, incapaz de hablar o de tomar un lápiz para escribir una nota de auxilio, terminaría en algún circo o, peor aún, en algún laboratorio como "conejillo de indias" para tremebundos experimentos. Flexionó sus seis patas y apoyó todo su cuerpo sobre el rígido caparazón que ahora cargaba sobre sí, decidido a aceptar su nueva condición. Tenía la esperanza de que al igual que todas las pesadillas anteriores, ésta sólo duraría un día y una noche. Nada más.

Había merodeado todo su apartamento de arriba abajo y aunque tenía en frente la salida hacia el exterior, hacia la libertad y la realidad, todavía no había encontrado una salida para su situación actual. Una y otra vez cruzaba por su mente la posibilidad de intentar enfrentarse al mundo y clamar por ayuda, pero sabía que no pasaría del lobby de su edificio sin que el guardia de seguridad le pegase un tiro primero. Pocas personas reaccionarían pacíficamente ante la presencia de un insecto gigante y por eso el contacto con humanos era un riesgo que no estaba dispuesto a correr. Javier estaba atrapado en un enfermizo juego diseñado para asegurar su derrota y para que en el proceso no pudiera pedir ni recibir ayuda de nadie. «¿Qué había hecho para recibir tan terrible castigo?» se cuestionaba una y otra vez, aunque la respuesta fuese demasiado obvia incluso para una sabandija como él.

Volvió a sentirse desesperado, desolado, abatido y así, descubrió que los insectos no pueden llorar. No tenía sentido seguir moviéndose de un lado a otro engullendo la comida que no había probado en días y defecando sin poderse contener por donde pasaba; pero ya lo sabía, nada tenía sentido. Su única certeza era que alguien, o algo, habían escrito el guion de su destino próximo y que al caer el día un demonio abusaría de él por sexta vez. Por otro lado, su única esperanza era que al día siguiente dejaría de ser un insecto; aunque una nueva incidencia, y quizás peor, le atormentaría hasta el cansancio. No importaba. Quería dejar de ser un insecto sin preocuparse por lo que sobreviniera después. Se dio cuenta que todos los días de su vida fueron una prueba distinta de la que quiso escapar, ignorando que el siguiente traería una nueva tribulación.

Esperó con ansia. No recordaba cuando fue la última vez que deseó algo con tanto con fervor y locura, además de Sajati. Aquel insecto que alguna vez tuvo por nombre "Javier" añoraba el momento de su humillante sumisión, pues sabía que a pesar de lo vergonzoso y doloroso que fuera, aquel acto marcaría el final de la noche y con el final de la noche comenzaría un nuevo día. Tendría otra oportunidad, un nuevo comienzo.

El insecto se sumergió en un profundo sueño mientras esperaba la oscuridad y a la indeseable visita que llegaba con ella. No obstante, en la sexta noche, el demonio que le hostigaba no se materializó. Tampoco hubo vejación ni abuso contra la integridad de aquel horripilante pero inofensivo ser. El insecto continuó durmiendo por horas y soñó que en otro estado más lisonjero se vio. Soñó que volvía a ser humano, que volvía a ser el hombre que fue hasta antes de conocer a Sajati. Se vio rodeado por campos de luz, acompañado por su esposa y por su hijo, y en su letargo sonrió. Aceptó que quizás no necesitaba un nuevo comienzo. Lo que necesitaba era ser quien siempre había sido; aunque reconoció que esa persona había quedado atrás física y espiritualmente. Durmió y soñó sin preocuparse por nada; olvidó que era un insecto y también que había sido un mal hombre. Ya nada importaba, ahora era nadie, ya había padecido lo peor. En su mente consideraba que no era posible para un humano tolerar más y por ende sus deudas ya estaban todas saldadas. Se había hecho dolorosa justica sobre él.

De repente, tras haber alcanzado el máximo estado de epifanía, la luz del sol le despertó.

SÉPTIMA NOCHE

El sol se coló entre las cortinas como una pared de luz incandescente y se reflejó vibrante sobre su pálida piel. Al contemplar el haz de luz, supo que afuera hacía buen día y presintió que adentro, por fin, también lo sería. Chequeó sus manos y brazos buscando alguna marca o cicatriz que testificaran las agresiones de las que había sido víctima durante las últimas seis noches; pero nada encontró. Su piel lucía como la de un bebé recién nacido: tersa, suave e impoluta.

¡Cuánta paz y felicidad experimentaba! Se sintió resurgir en un nuevo mundo, uno mucho mejor.

Nuevamente la curiosidad le dominó y quiso contemplarse al espejo, no sin antes verificar que su capacidad motriz estuviese intacta. Confirmó con total satisfacción que su cuerpo funcionaba muy bien, incluso con más vigor y destreza que antes. No había rastros de calor, dolor o parálisis, lo que aumentó aún más su regocijo devolviéndole la fe que había perdido. Caminó en puntillas hasta el cuarto de baño para alcanzar por fin el tan anhelado reflejo de su imagen sobre el espejo, conservando un poco de recelo al pensar que pudiese tener alguna deformidad o mutación como la experimentada el día anterior, cuando se despertó con el cuerpo y la apariencia de un gigantesco insecto. El miedo de lo que pudiese observar le hizo ralentizar los pasos a medida que se acercaba más y más al espejo enmarcado sobre el lavamanos. La incertidumbre le generaba un miedo sobrenatural pero la curiosidad, un sentimiento más poderoso y capaz de mover a los seres humanos a cometer los actos más arriesgados e incluso absurdos, le instó a seguir avanzando hasta encontrarse por fin con su propia imagen.

Estuvo varios minutos frente a su enrarecido reflejo. No podía dejar de contemplarse de arriba a abajo, pero esta vez no era a causa de su monstruosidad o mórbida apariencia; al contrario, tenía ante sí a la imagen más hermosa que jamás haya visto y, sin duda alguna, la belleza es un paisaje que ningún ojo puede ignorar. Por fin, venciendo la quietud a la que se había entregado, decidió repasar con la yema de sus dedos los prominentes y sonrojados pómulos que sobresalían con armonía de su rostro. La perfecta nariz confería a su fisonomía un acabado prolijo y no tardó en delinearla también con el delicado roce de su huella dactilar. Prosiguió hasta sus labios, los cuales notó extrañamente húmedos teniendo en cuenta las jornadas de hambre y transformaciones que había padecido por tantas noches. Sus labios lucían exuberantes, brillantes y apetitosos; pero le molestó en sobremanera la evidente ausencia de color en ellos. No dudó en abrir uno de los cajones y tomar prestado de allí un lápiz labial, el cual pertenecía a la abnegada esposa que vivió alguna vez en ese apartamento, para acabar con la palidez que había infestado su boca y conquistarla de nuevo con una roja y vibrante presencia.

Pintó sus labios totalmente, cepilló su dorado y liso cabello y contempló una vez más sus nuevos y prominentes ojos verdes, esos que por tantas décadas había deseado ostentar. Salió del cuarto de baño para recorrer el basto apartamento que a partir de aquel instante convertiría en su guarida y sintió complacencia del tamaño y aspecto de su nuevo hogar. Su nombre era Sajati. Una hechicera de edad incierta que devoraba la energía vital de los hombres para prolongar su existencia. Un demonio hembra que succionaba las almas de los pecadores con el fin de expiar poco a poco la suya. Un monstruo vestido con la envoltura más hermosa y perfecta que cualquier hombre haya visto jamás. Sajati había renacido más fuerte y más determinada que antes, más consciente de su misión en la tierra y esperando encontrar a otro macho condenado… para condenarlo aún más.

Respecto a Javier Santana, de él ya nada quedaba. Su alma se había fundido hacia otra dimensión, a un plano espectral más oscuro y derruido que el nuestro. En cuanto a su cuerpo, éste se había desintegrado y fundido también, una y otra vez, en un sinfín de metamorfosis que dieron origen a una nueva, mejorada y rejuvenecida Sajati. De Javier Santana ya nada quedaba y de él sólo subsistiría un fugaz recuerdo, más fugaz e infame aún que su propia vida.

¡Qué misterio infinito se oculta tras el sexo! Un acto tan básico y tan sublime a la vez, que es capaz de eternizar la existencia de una especie o de condenarla. Una ecuación imperfecta e imposible. Un balance de masa y energía que se define como insoluble, quimérico ¡alquímico! Es tan grande el enigma oculto tras el sexo que algunos ni siquiera pueden advertir su particularidad más evidente: aquella en la que uno más uno nunca resultará dos, ni tampoco los mismos dos.

Se hizo de noche, por fin. Tal vez allí afuera, algún pecador lujurioso presumiría la piel bronceada que Sajati siempre había soñado.

Unas incontrolables ganas de bailar bajo la luz de la luna, la luz de las estrellas o luces de neón invadieron su renacido y mejorado cuerpo. Ese deseo le había poseído, sin falta, todas las noches de los últimos cien años de su vida.

Agradecimiento especial a Sajati Rojas @sajatir
Su belleza enigmática y su gracia hipnotizante extraída de otros mundos inspiró al anterior personaje homónimo. Nunca sabrás si su sonrisa es una bendición del cielo o una maldición de otro lugar.

LA FORTUNA DE MORIR

JORGE ANDRÉS LOZANO RIVAS
2010

LA FORTUNA DE MORIR

Nunca desees la suerte ajena.
Lo que para unos es bendición,
para otros es maldición.
Jorge Lozano

Sus ojos habían dejado de parpadear y brillaban con el destello particular de quien espera ser testigo de la revelación más grande y trascendental de su existencia. Sujetaba un pequeño papel en su mano y lo apretó con más fuerza como si de ello dependiera su vida. En cierta forma así era. Agudizó también su oído, aunque lo que esperaba escuchar también lo podría leer en los avisos proyectados por el viejo televisor de rayos catódicos que posaba sobre una mesa roída de la humilde sala familiar.

—...Trece... treinta y tres... diez... cuarenta... doce y... uno...—anunció el *encorbatado* presentador que se asomaba por la pantalla de doce pulgadas.

Teresa, del otro lado del televisor, comparaba los números divulgados con los que contenía el papel en sus manos: 01-10-12-13-33-40. Dirigió su sobrecogida mirada al televisor una vez más, aprovechando que los números habían sido organizados gráficamente y de forma ascendente por el personal de producción. 01-10-12-13-33-40, fueron los números que la atónita mujer observó por segunda vez en su trozo de papel y que coincidían perfectamente con los exhibidos en el cristal valiéndose de tonalidades llamativas. Sí, la magia de la pantalla chica era capaz de las más asombrosas hazañas y, al parecer, había logrado también hacer realidad el sueño de una mujer. Ese fue el día en que Teresa Gámez, de 43 años, ganó el premio mayor de la lotería. Aquella tarde, en tan solo cinco minutos, se hizo con un botín de 20 millones habiendo comprado un simple tiquete de 2 dólares, lo cual hacía religiosamente cada semana.

Llevaba casi dos décadas comprando la lotería todos los sábados, apostándole al mismo número y, aunque sabía que las probabilidades indicaban que gastaría millones de semanas para ganársela, soñaba con que esas probabilidades se comportaran a su favor y que los números jugados "cayeran" antes de todos los intentos matemáticamente necesarios para cumplir con el vaticinio estricto de las estadísticas. Así fue. Su sueño por fin se había hecho realidad. Se había convertido en una de las millonarias más grandes del país, tal vez la más grande; pero ignoraba que la mayoría de las cosas soñadas por las personas superan sus capacidades y por eso, su tan anhelado sueño, se convirtió en la pesadilla más horrenda y desastrosa que alguien pudiese vivir.

Teresa Gámez tenía 43 años cuando se ganó la lotería. Sí, ya lo sé, ya lo había mencionado; pero la edad es un dato relevante para la historia que me veo obligado a contar.

Antes de aquel fatídico sábado, Teresa llevaba una monótona vida como aseadora de un lujoso hotel en la capital. Madre soltera de una joven de 18 y comprometida en matrimonio con el ascensorista del mismo lugar de trabajo, luchaba por ganarse el sustento diario y mantener una modesta casa en los suburbios de la ciudad. Su sueldo correspondía al mínimo establecido por el gobierno al igual que el de su amado, por lo que ambos trabajaban horas extras para obtener un poco más. Como los dos juntos no daban abasto con la manutención de un hogar y los estudios universitarios de la joven —hija del primer matrimonio—, ésta tenía que posponer un semestre académico cada año para trabajar también y obtener el dinero suficiente que le permitiera ayudar a pagar el siguiente. Lo anterior no debería sorprender, pues corresponde a un vistazo común de la realidad en la que viven muchas familias de nuestra sociedad, quienes en cada hora se las arreglan para subsistir y salir adelante con pocas posibilidades de lograrlo. La pobreza no se presenta siempre porque la gente carezca de oportunidades o por las injusticias y desigualdad social a las que recurrentemente solemos culpar; la mayoría de las veces, los problemas financieros de muchos corresponden a malas decisiones del pasado. Las pequeñas malas decisiones económicas se van acumulando, acrecentando poco a poco como una bola de nieve cuesta abajo y derivan inevitablemente en la pobreza de quien las toma y, lamentablemente, también de su descendencia; hasta que alguno de los herederos, tomando buenas elecciones y procurando los pasos correctos, decida terminar de una vez con tan mala racha. La situación de Teresa, antes de ganarse la lotería, correspondía al grupo de quienes toman malas decisiones y fallan en su actuar, por lo que al ser favorecida por un giro tan inesperado del destino creyó de repente que su vida se había arreglado; pero ignoraba que la vida es el resultado inevitable de las decisiones tomadas y las acciones emprendidas, así que por más dinero que tuviera o ganara, ella seguiría siendo Teresa: la mujer que no sabía manejarlo. Ojalá ella hubiera sabido antes que la vida se va forjando conforme a lo que se es y no a lo que se tiene, así se habría ahorrado tantos años de sufrimiento, tantos años de tormento, los cuales estaré fascinado de contar en términos de dinero; pues es un tema que como economista y contador de oficio que soy, me apasiona. Esta es la historia de Teresa Gámez y su riqueza, la mujer que obtuvo toda la fortuna del mundo, pero quien no fue lo suficientemente afortunada como para morir a tiempo.

$20.000.000: Aquel sábado, Teresa sujetaba el billete de lotería tan fuerte que tuvo miedo de romperlo; pero la avaricia y la ambición no la dejaban aflojar la presión ejercida sobre él, ni un poco. Al fin y al cabo, era un trozo de papel que costaba veinte millones de dólares. Al verse presa de tanta emoción quiso compartirla con su familia, lo que resultaba comprensible, pues de nada sirve ser feliz si otros no pueden percibir dicho sentimiento florecer en uno. En nuestra naturaleza humana, pareciese que la felicidad fuese algo que requiere ser obligatoriamente presumido. "Comunicar su alegría", ese fue su primer error en la cadena infinita de desaciertos. Existen familias, muchas de ellas en realidad, que no merecen que les compartan el menor ápice de felicidad.

Teresa gritaba y saltaba de emoción por toda la modesta sala, tanto que incluso una de las agrietadas sillas de madera cayó y se partió en dos por causa del alboroto, a lo que su prometido y su hija aparecieron consternados en escena. Una vez aclarado el asunto, todos se unieron en una sola voz para celebrar por toda la casa y posteriormente, cuando el alcohol del brindis hizo efecto, por todo el barrio. Ese fue el segundo error fatal de Teresa. Aún no había reclamado el premio, pero al "lanzar la casa por la ventana" vitoreando su fortuna, se endeudó con vecinos y amigos derrochando lo que aún no poseía. La fiesta duró, para la mayoría de los participantes, hasta la madrugada del lunes.

$14.800.000: No se molestaron siquiera en discutirlo con el gerente del hotel. El lunes siguiente a la gran noticia, Teresa y su prometido renunciaron, a primera hora, a sus respectivos trabajos; lo cual significaría el tercer error en la cadena hacia la ruina. Teresa nunca fue informada de que el premio tardaría en desembolsarse tres meses —después de reclamado— y mucho menos que, por cuestiones legales y gubernamentales, se le descontaría un 25% del mismo a causa de la "Ley de enriquecimiento ocasional". De esta manera, lo que sería una dichosa tarde reclamando el premio, se convirtió en una tarde de insultos y amenazas en contra de los organizadores del famoso concurso, seguida por llanto y decepción por parte de Teresa y su novio una vez comprendieron que así eran las leyes del país y que nada se podía hacer al respecto.

A su regreso a los humildes suburbios, los vecinos no tardaron en reclamar un total de doscientos mil dólares a Teresa, producto de la excéntrica fiesta de celebración en la que se incluyó a todos los habitantes del barrio y sus alrededores más próximos. Tres meses tendría que esperar Teresa para poder responder a los dueños de tiendas, bares, prostíbulos y casinos por su desmedida alegría y su injustificada forma de celebrar la suerte ¡Qué mala suerte!

$14.500.000: Trescientos mil dólares invirtió Teresa en seguridad, pues los tres meses anteriores a la redención del dinero fue víctima de un par de visitas indeseables en su propia casa. Los asaltantes buscaban el billete de lotería, ignorando que Teresa ya había reclamado el premio y que éste se encontraba en trámite aunque no pudiera disponer de él aún. El sobredimensionado ejército civil que arribó a proteger la pequeña casa de dos pisos, estuvo dispuesto a trabajar gratis sabiendo que Teresa pronto sería la dueña de una inmensa fortuna. Dicho acto de nobleza y aparente desinterés, fue el que obligó a Teresa a pagar tan alto precio —también sobredimensionado— por su paz y tranquilidad.

$12.500.000: Los suburbios la habían visto crecer, habían sido testigos del enamoramiento con el padre de su hija y de la forma en que se fraguó posteriormente como madre cabeza de familia. Gracias a los suburbios y a la recomendación de una vecina, Teresa logró obtener su trabajo en el hotel y fue allí, precisamente, donde conoció a su última pareja. Los suburbios fueron el escenario perfecto para una nueva historia de amor; pero como si el peso de la historia no tuviese valor alguno, el primer gasto cuantioso de Teresa —tan pronto recibió su premio— consistió en escapar de los suburbios lo más rápido posible y alejarse de todos los que allí moraban. Ni siquiera sintió lástima por aquellos incapaces de liberarse, como ella, por sus propios medios.

Compró la mansión más costosa de la colina desde la cual se podía divisar toda la ciudad a excepción de los peligrosos y antiestéticos suburbios que tanto repudiaba, por supuesto. Todo lo que había sido su vida, lo que originó aquellos momentos de efímera pero sincera felicidad, ahora la avergonzaba. Nada de eso era digno de la nueva Teresa: la dueña de varios millones de dólares quien, presa de una amnesia selectiva, olvidó por completo su humilde pasado. La ingenua mujer pudo, por fin, poseer la casa de sus sueños. Ojalá hubiese sabido que entre más costosa es una propiedad mayores son los gastos de manutención y el pago anual del poco conocido "impuesto predial". Tan sólo un mes de sostenimiento para la fachada, la piscina, el gimnasio, las canchas deportivas, los jardines y el aseo general, demandaba la módica suma de cien mil dólares. Sin duda era una muy linda mansión. Un lugar descomunal hasta para guarecer cien personas… y ellos eran sólo tres.

$10.300.000: No bastaba con vivir en un palacio, sus habitantes también debían lucir como la realeza para brindarle uniformidad y coherencia al sueño de grandeza que acosa sin piedad a los seres humanos y en particular a la hembra de nuestra especie. Ésta hembra, específicamente hablando de nuestra protagonista, una mujer de escasos recursos con delirios revanchistas en contra de la vida misma, por fin era grande y poderosa; pero aún le faltaba inspirar en otros el respeto y admiración que anhelaba. Esa imagen exquisita que ansiaban exponer con apuro para encajar en la nueva sociedad requirió, por supuesto, las prendas más engalanadas y finas del planeta; incluso diseñadores italianos y franceses tuvieron el gusto de vestir a Teresa Gámez y a su distinguida familia. ¡Oh! ¡Qué sorpresa y qué horror! Qué pesadumbre tan apremiante sintieron al ser testigos en propia piel que "aunque la mona se vista de seda, mona se queda" y lo más lúgubre del asunto es que todos ellos hicieron el papel de "mona" una y otra vez, sintiéndose ridículos con cada costosa prenda que intentaban lucir. Insisto, nada les lucía. La distinción y la elegancia es un don con el cual se nace o de lo contrario requiere ser forjado con la evolución del carácter y el refinamiento constante a través de un proceso experiencial bastante largo y tortuoso. Los linos finos y pieles exóticas nunca brindarían, en tan poco tiempo, el glamour y la imponencia que requerían los Gámez para fingir ser lo que nunca habían sido. Por otro lado, los rasgos indígenas y las facciones ariscas de sus rostros develaban el agreste pasado del que parecía imposible poder escapar.

El dinero nunca sobra. No existe tal cosa como el exceso de dinero. No obstante, cuando se tiene aquella sensación o ilusión de remanencia financiera, se pierde incluso la percepción de la realidad. A Teresa le resultó fácil, en su mente, utilizar parte de su fortuna para cambiar o eliminar todo vestigio que revelara sus menesterosas raíces, basada en la creencia de que "el dinero todo lo puede comprar". Si el dinero podía conseguir un castillo y lindos vestidos, el dinero también podía convertirla en una hermosa princesa.

Todos los integrantes Gámez debutaron en el quirófano, además de los tres principales. Las hermanas, primas, primos, tías, tíos y hasta sobrinos fueron sometidos a operaciones estéticas con el fin de renovar su apariencia. «Teresa nos pagará todo» gritaba la familia entusiasmada ante la vanidosa posibilidad. La familia que por muchos años había dejado de encontrarse, de pronto fue reunida gracias a la promesa de perfección estética gratuita. Una vez beneficiados por los avances de la cirugía, todos volvieron a desaparecer.

Entre las muchas operaciones a las que el prometido de Teresa se sometió se encuentran las de rejuvenecimiento facial, rinoplastia, liposucción, marcado abdominal, implante de pectorales e incluso el aumento de tamaño de su virilidad —esta última por petición de su millonaria pareja—. Ya se podrán imaginar el resultado final. Hablamos de un ascensorista de cincuenta años a quien la genética y el sedentarismo no le sentaron nada bien, colmado ahora de cortes e implantes plásticos por todo su cuerpo ¡Lucía ridículo! No obstante, Teresa parecía encantada con los cambios y yo preferiría no imaginar por qué.

La hija de Teresa por otro lado, a pesar de haber heredado las facciones bruscas de sus padres, era aún joven y dulce físicamente, por lo que sólo bastó una leve rinoplastia e implantes mamarios para convertirse en todo un exótico *bombón* que nada debía envidiarle a la más sexy de las modelos latinas. La adolescente a veces se lamentaba de haber elegido un tamaño tan grande de siliconas; pero cuando recibía los halagos y las miradas de los hombres a su paso, las voluptuosas dudas quedaban a un lado.

Un porcentaje pequeño pero importante de cirugías estéticas concluyen con la muerte del paciente. Adicionalmente, una de cada cinco operaciones no son ciento por ciento satisfactorias para los sobrevivientes. Aunque Teresa hubiese conocido aquellas estadísticas del mundo que rodea a la cirugía plástica, habría seguido adelante con sus múltiples intervenciones quirúrgicas; pues así como no le importaron las estadísticas para jugar a la lotería —un juego casi imposible de ganar— tampoco le importaron para convertirse en la "princesa modelo" de sus sueños con ayuda del bisturí. No hace falta aclarar que las matemáticas nunca se le dieron bien a Teresa. ¡Qué mala suerte, mujer! No existe un solo procedimiento quirúrgico capaz de ocultar 43 años de existencia y ni siquiera las quince operaciones que se practicó lo lograron. No hubo rejuvenecimiento ni embellecimiento de sus carnes y así, la convaleciente mujer comprendió de la forma más cruel que existen muchas cosas que el dinero no puede comprar.

La nueva millonaria tardó mucho tiempo en recuperarse de tan largas e invasivas operaciones y al salir del hospital notó con angustia que a pesar de ya no tener rasgos indígenas, ni lucir humilde… también había dejado de parecer humana. No tenía arrugas ni imperfecciones en su cuerpo, pero parecía un maniquí negligentemente moldeado. Era muy perfecta para ser humana y nada deseable para ser una muñeca.

$9.200.000: El capital se agotaba de una forma alarmantemente rápida y Teresa era incapaz de notar tan cruel y maquiavélico desperdicio. Al revisar sus cuentas bancarias pensaba en los cientos de años que debería trabajar como aseadora en el hotel para poseer lo que aún le quedaba, olvidando que ya no vivía como una modesta aseadora de hotel. Una de las pocas cosas en las que invirtió inteligentemente su dinero fue, sin duda, viajar por todo el mundo. Muchas veces le negaron la visa, otras tantas ella no disfrutó su travesía por la barrera que imponía el idioma; pero no importaba, quería contarle al mundo que lo había recorrido de un extremo a otro. Ojalá hubiese aprendido inglés, al menos, así habría sacado mejor provecho a sus aventuras y no habría gastado tanto en intérpretes y traductores. Pero bueno, nadie tenía por qué saber que sus visitas a los distintos continentes no fueron tan fascinantes como parecía en las fotos.

Cada vez que regresaba de un nuevo viaje, Teresa se daba cuenta con pesadumbre que lo que no se usa se echa a perder. Varias veces tuvo que reemplazar sus vehículos, sus electrodomésticos y a algunos de sus empleados, pues ninguno de ellos trabajaban como lo hacían al comienzo. Tales reemplazos y las indemnizaciones costaron varias fortunas.

$8.200.000: Un año después de hacerse con el premio mayor de la lotería, Teresa volvió realidad otro de los sueños de su vida: contrajo matrimonio con su prometido, el ascensorista del hotel; porque por más dinero que tuviera indirectamente, aquel hombre seguía siendo un simple ascensorista, así como Teresa seguía siendo una simple aseadora. Eso habían hecho toda su vida y eso seguirían siendo por siempre hasta que decidieran hacer o ser algo diferente; pero este no era el caso. Teresa y su prometido eran empleados de hotel que se habían ganado la lotería. No eran más, no podían ser más.

Para tan soñado momento, la feliz pareja tomó en alquiler un castillo a las afueras de la ciudad el cual decoraron como el más opulento cuento de hadas. La comida estuvo a cargo de los mejores chefs del mundo, la música fue ejecutada, en vivo, por los artistas favoritos de Teresa —si es que a la música arrabalera o a la costera se le puede llamar "arte"— y la lista de invitados ascendió a mil personas entre los que figuraba incluso el presidente de la república, quien obviamente no asistió.

Nadie vio jamás un desperdicio igual de comida. De los mil invitados asistieron menos de doscientas personas y por eso las langostas, el arroz marinero y los caviares restantes fueron a parar por completo a la basura. Lo extraño y confuso del asunto es que no sobró gota de alcohol; los invitados bebieron a gusto lo equivalente a cinco personas y así el matrimonio, que debió asemejarse a un cuento de hadas, se convirtió en una batalla campal llena de insultos, puños, sangre y vómito etílico. ¡Qué vergüenza! Menos mal que no asistió el presidente.

$5.400.000: Sin haber podido celebrar su primer aniversario de casamiento y con mucho dinero aún para disfrutar, Teresa fue secuestrada de la forma más violenta y deshonrosa, un viernes cualquiera. Era una tarde soleada, por lo que la ingenua mujer lucía un sombrero blanco de un tamaño que sólo uno de tipo mariachi podría superar. Las gafas Gucci contrastaban perfectamente con el abrigo de piel parda y con el vestido, también blanco, que finalizaba en sus rodillas. Caminaba con la cabeza en alto, con la elegancia y dignidad que únicamente podría exhibir una mujer capaz de gastar miles de dólares en ropa y joyas durante quince minutos. Así acababa de hacerlo esa tarde y la gran cantidad de paquetes estampados con el logo de reconocidas marcas de moda era la jactanciosa prueba de ello. Atravesar el bulevar vestida así, tan vistosamente, y con semejante cantidad de bolsas de compras que incluso le obstaculizaban al caminar, facilitó más las cosas para los secuestradores quienes no tardaron mucho en reconocerla. Al verla, inmediatamente supieron que ella era Teresa Gámez, la ganadora de la lotería. El primero de los raptores apareció justo frente a ella cortándole el paso, hablándole con palabras ininteligibles y apoyando la punta de un revolver sobre su cien. La mujer asustada se aferró a los paquetes con fuerza. El segundo secuestrador, quien apareció por la derecha, pasó el brazo tras la nuca de Teresa como si quisiera abrazarla y empuñando también una pistola semiautomática que descansó sobre su abdomen. Ella, con la presión de la segunda arma, soltó los paquetes, pues le preocupaba más que su chaqueta de piel se echara a perder o que su cadena de oro, con dije en forma de cruz se reventara; pero no era necesario, los hombres no buscaban el poco efectivo que ella cargaba ni tampoco sus joyas. Un tercer hombre también arribó por la derecha; pero, seguramente, por causa de los nervios o de la ansiedad, empujó a Teresa quien cayó al piso rasgando su hermoso vestido. Una vez en el piso, Teresa encontró allí un refugio temporal del que no quería apartarse y, mientras pataleaba y rasguñaba a sus agresores, recibió un culatazo de revolver en la cabeza que le dejó inconsciente. El más grande de los tres secuestradores la levantó para cargarla sobre el hombro, pero nuevamente su vestido se atascó haciendo que esta vez la rasgadura la dejara casi desnuda. Ninguna de las personas que presenciaron la angustiosa escena reaccionó. Ningún hombre intentó defenderla cuando los captores la golpearon brutalmente con la culata de una pistola derramando su sangre sobre el piso. Nadie ayudó a Teresa mientras la subían a una furgoneta negra y sin placas. Había muchas personas alrededor y al mismo tiempo pareció que el centro comercial estaba desierto. Tanto dinero que poseía en los bancos, a su nombre, mientras su vida yacía más vacía y sola que nunca.

Dos meses estuvo recluida en lo más recóndito de la selva, vestida con las mismas ropas con las que fue raptada, sin la posibilidad de ducharse o lavarse los dientes. La alimentaban con la misma porción de arroz y avena tres veces al día y eso era todo lo que podía aspirar a probar. Al tercer día de estar allí, entendió que aquellos hombres querían desangrarla económicamente, poco a poco, aterrorizando al resto de la familia, exigiendo rescates y retirando lo que podían de sus cuentas bancarias.

A Teresa no le importaba entregar lo que fuera con tal de salir lo más rápido posible de allí; por ende, así lo hizo durante esos primeros tres días. A sus transgresores les entregó acceso total a las cuentas de ahorros y corrientes con la esperanza de ser liberada, sin saber que éstas eran controladas por las autoridades y el mismísimo gobierno. ¡Así es! El gobierno nunca permitiría que su dinero saliera del país y mucho menos que cayera en manos terroristas, por lo que las sumas obtenidas por sorteos nacionales eran vigiladas directamente por las entidades bancarias, limitando las transacciones de sus acreedores. Teresa estaba restringida en el uso de su dinero en cuanto a cantidad y destino; por eso disponía de un límite diario y por eso mismo cada cuantiosa transacción debía ser reportada a una especie de "fiscalizador" antes de poder materializarse. Todo ese excesivo control sobre su fortuna, al comienzo le pareció una limitante y una molestia; pero en la apremiante situación en la que se encontraba, finalmente resultó beneficioso para Teresa. Al tener sus cuentas vigiladas, los secuestradores no pudieron disponer de todo el dinero inmediatamente, lo que puso a salvo la riqueza de la mujer; lamentablemente, aunque permaneciera millonaria, ella no estaba totalmente a salvo aún.

Una sociedad es tan sólida como sus principios morales y prospera a medida que éstos se hacen más fuertes en todos los niveles jerárquicos; por esta razón, muchos países optaron por jamás negociar con terroristas ni delincuentes. Nada bueno puede surgir de un convenio en el que personajes sin escrúpulos pretenden imponer sus intereses. Nuestro gobierno eligió por adoptar este principio y negó cualquier intento de ofrecer un pago por la libertad de Teresa por parte de su familia, lo que complicó un poco su situación, en especial cuando también bloqueó todas sus cuentas bancarias.

En tres días, los secuestradores lograron obtener 200 mil dólares de Teresa. Al cuarto día, ya no pudieron sustraer un centavo más. El gobierno se había encargado de imposibilitar cualquier lucro que aquellos criminales pudieran obtener y aunque intentaron por todos los medios llevar hasta el final su plan de succionarle todo el dinero a la infortunada mujer, no lo consiguieron. Al no poder disponer del dinero de Teresa, ella perdió todo su valor y así, pasó de ser una fuente de riqueza a un completo estorbo.

El rostro de Teresa ya no exhibía los rasgos indígenas y bruscos con los que había nacido, pero tampoco resultaba atractivo; no obstante su cuerpo, gracias a las múltiples cirugías plásticas, no estaba nada mal para una mujer que bordeaba los 45 años. Le faltaban dos dedos de su mano izquierda y uno del pie derecho a causa de los vanos intentos de sus secuestradores por exigir el pago de su liberación —"pruebas de vida" las llamaron ellos—, el cual nadie asumió; sin embargo, a pesar de tantos defectos físicos, los secuestradores terminaron por convertirla en el objeto sexual de cientos de guerrilleros y criminales que vivían en la misma selva donde la habían aislado.

Las cosas que le hicieron y las cosas a las que fue sometida —¡Dios mío! —prefiero no repetirlas por respeto a las mujeres aquí presentes y porque en realidad me causa bastante miedo el sadismo y la perversidad a la que puede llegar el ser humano. Ojalá esos criminales hubiesen empleado tanta imaginación para cosas productivas y nobles y no para tortura a alguien de semejante manera.

En algún momento del pasado de Teresa, mientras estaba acostada sobre la camilla del quirófano antes de sus cirugías estéticas, anheló ser deseada por el ojo masculino; pero allí, estando tendida en un mohoso colchón, rodeada de paredes roídas y ensangrentadas, con una larga fila de hombres esperando para entrar a su celda y a su cuerpo, prefería nunca volver a serlo. Muy fácilmente la vida nos logra hacer cambiar de opinión y también de sueños.

Después de un mes de torturas y violaciones, Teresa logró escapar de sus captores. Tardó un mes adicional en hallar el camino a casa. Atravesando tantas dificultades, incomodidades, hambres, martirios, tristezas y vejaciones, Teresa extrañó por instante su tranquila vida en los suburbios y su sencillo, pero gratificante, empleo en el hotel. «¡Qué tiempos aquellos!» pensó para sí mientras abordó la última patrulla de policía en dirección a su mansión. Extrañó, al ver la ciudad sonriéndole a través de la ventana del vehículo, aquellos instantes de su vida en que fue feliz de verdad. Después de más de dos meses desaparecida, volvía a casa una nueva Teresa, una más cansada e infeliz que de costumbre; aunque ella quería convencerse que de cuerpo y mente regresaba mucho más fuerte.

$2.000.000: La noche en que Teresa regresó a su mansión después de haber sido secuestrada, torturada, desmembrada y violada, abrió la puerta principal silenciosamente; no porque quisiera darle una sorpresa a su familia, sino porque sus fuerzas ya no eran suficientes ni para emitir el más leve sonido. Subió lentamente, y con dificultad, las largas escaleras de caracol y accionó el picaporte dorado de la habitación principal para encontrarse con la escena más horripilante y denigrante que haya visto en toda su existencia —¡Sí! Incluso mucho peor que las que protagonizó en carne propia dentro de la selva—. En su lecho matrimonial, ese que tanto esperó volver a consentir, se encontraba su esposo totalmente desnudo y siéndole infiel con otra mujer. La otra mujer era nada más y nada menos que su propia hija, sangre de su sangre. Su esposo disfrutaba los implantes que ella pagó y que además se sacudían en el cuerpo de la mujer que ella con tanto esfuerzo parió y sacó adelante. Teresa se sintió morir. Nada de lo que pueda hacerte un enemigo causa tanto daño y dolor como lo que te puede hacer un ser querido. Ni todo lo que padeció en carne propia cuando estuvo secuestrada se comparaba con la traición de las dos personas que más amaba en el mundo. Las únicas que tenía.

Teresa estaba tan destruida física y moralmente que no se empeñó en defenderse ni defender su patrimonio durante la demanda de divorcio. Además de la burla y la traición, su exesposo y su hija se quedaron con la mitad de la fortuna. Ambos, padrastro e hijastra, vivieron felices y comieron muchas perdices alrededor del mundo. Teresa no.

$900.000: La mujer lo intentó todo. Con su autoestima por el piso y la vida destruida, quería sentirse hermosa de nuevo para encontrar por tercera vez el amor. Era una mujer de mediana edad y con mucho dinero, así que aún tenía mucho por hacer o al menos así ella lo creía. Se sometió a más cirugías, aun cuando los médicos se rehusaban a continuarla operando. También reconstruyó sus dedos perdidos, aunque éstos nunca más volvieron a moverse igual —otra prueba más de que el dinero no lo puede comprar todo—. Tenía sus manos completas, tenía los pechos más grandes del vecindario, tenía lujosos coches, muchas propiedades en todo el país y, lo más importante, era una mujer libre, empoderada, dueña de sí misma y de su destino.

Tras su separación, Teresa tuvo muchos amoríos. Mas que todo eran jovencitos "cazafortunas" o vividores los que desfilaron por la cama de su mansión y de sus casas costeras; pero ninguno la quería de verdad. Ningún hombre quería involucrarse de manera sentimental con la "bruja de plástico", apodo que adoptó por la apariencia monstruosa y artificial de su rostro. La llamaban así también porque su cuerpo estaba conformado por silicona en su mayoría y porque su actitud tosca y huraña la habían convertido en una compañía insoportable. ¡Pobre Teresa! Muchos se aprovecharon de sus riquezas; perdió tiempo, energía y dinero, y ella jamás volvió a encontrar el amor.

$–11.543: Cuando Teresa notó que en su cuenta sólo quedaban 900 mil dólares, entró en pánico. Su fortuna que al inicio tenía ocho cifras, había perdido otra más. Supo de inmediato que para sostener la riqueza debe asegurarse una fuente inagotable de la misma, mientras que ella no poseía ni se procuró para sí ningún tipo de ingreso adicional. Toda su vida había trabajado en un hotel y por ende, el único negocio que conocía bien era el de la hotelería; no obstante, sus conocimientos estaban limitados al punto de vista de una mucama.

Teresa montó un increíble hotel en el centro de la ciudad. Cincuenta habitaciones, piscina climatizada, sala de juegos y un vasto salón para reuniones y conferencias era todo lo que ofrecía en la publicidad. Ojalá hubiese empezado por un negocio más pequeño, pues no tardó mucho en darse cuenta que la hotelería es de los negocios más complicados que existen. Invirtió tanto y se endeudó tanto, que ni aun vendiendo sus propiedades, sus vehículos, sus colecciones de todo y ni su propia alma, lograría saldar sus compromisos financieros.

Vendió y empeñó todo lo que tenía; pero aún no le alcanzaba para pagar. Por razones que no comprendía, los bancos habían incrementado el saldo adeudado y la suma era más y más cuantiosa cada mes. Cuando gastó el último billete de diez dólares de su fortuna, tenía un saldo negativo pendiente por más de once mil con cierta entidad bancaria. Teresa tenía que trabajar cuatro años de su vida con el salario mínimo para pagar y eso, sólo si destinara la totalidad del mismo para abonar a la deuda. Tristemente, y para ahondar su penosa situación, nunca más pudo volver a encontrar empleo.

Teresa no tuvo más remedio que declararse en bancarrota y así, el estado postrer de aquella mujer vino a ser peor que el primero. ¡Pobre vieja rica! ¡Qué mala suerte!

...

Les conté esta historia debido a que hace un par de horas me encontré a Doña Teresa, como le dicen aquí en el barrio, deambulando por las calles. En su mano sostenía un papel y, agitándolo con amargura sobre su cabeza, insistía en regalármelo. Quise ignorarla, pensé que no era más que otra loca indigente del sector; pero al ver tanto sufrimiento en sus artificialmente rejuvenecidos ojos y las lágrimas cayendo por sus inmóviles mejillas, me sentí tan conmovido que me dispuse a escucharla. Me contó todo lo que acabo de compartirles a ustedes, llorando y gimiendo de vez en cuando, con el insoportable dolor que implica revivir un mal recuerdo. Me dijo que acababa de encontrarse este boleto de lotería que ahora tengo en mis manos y que estaba segura de contar con tan mala suerte que seguro se trataba del número ganador. Quise devolvérselo, alegando que si ganaba quizás podía arreglar su situación económica, pero ella insistió. La viejecita no quería saber más de regalos de la vida ni de millones de dólares caídos del cielo. "No quería traer más desgracia a su existencia", según ella.

Por esa razón, es que quiero con tanta insistencia que cambien de canal el televisor y me permitan ver el sorteo de la lotería. No quiero verlo porque me interesen las riquezas, sólo quiero comprobar si Doña Teresa tiene la suerte que dice tener. Quiero saber si todo lo que me ha ocurrido hoy, en este extraño y particular día, tiene algún sentido; aunque esa es otra historia menos interesante a la de Doña Teresa. En todo caso, de ser cierto lo que me dijo, yo sí sabría manejar correctamente el dinero y no repetiría los errores de la pobre viejecita que ya todos conocemos y que les he enumerado cuidadosamente. Por favor ¿podrían sintonizar el canal y me permitirían ver por cinco minutos la televisión para conocer el desenlace de esta pintoresca historia? Sólo cinco minutos, por favor. Si llego a resultar ganador, les prometo que compartiré a todos y cada uno de los presentes una pequeña parte de mi fortuna y tendremos esta noche, aquí mismo, la mejor de las fiestas. Por favor. Por favor. Gracias.

«Sus ojos habían dejado de parpadear y brillaban con el destello particular de quien espera ser testigo de la revelación más grande y trascendental de su existencia. El economista sujetaba un pequeño papel en su mano y lo apretó con más fuerza, como si de ello dependiera su vida...»

ÍNDICE

¡Próximamente! Los títulos que encontrarás en "DESDE LO MÁS OSCURO DEL SER" Volumen 3:

SOBERANO DEL TIEMPO

SUPERVILLANOS

EXTRATERRESTRE

POSEÍDO

EL CABALLERO OCULTO II

Próximamente:

"MUJERES PARA EL ALMUERZO"

De: Jorge Andrés Lozano Rivas

www.ingramcontent.com/pod-product-compliance
Lightning Source LLC
LaVergne TN
LVHW101941220826
846093LV00006B/75

* 9 7 8 9 5 8 4 8 8 9 2 5 6 *